I0736826

Graces trautes Heim

Farraday Country ✦ Book Seven

CHRIS KENISTON

Indie House Publishing

Indie House Publishing

KAPITEL EINS

Chase Prescott hielt die Tür zur Gasse auf und blickte erst nach links, dann nach rechts. Keine Spur von seinem neuen Freund. Er warf einen weiteren Müllbeutel auf den Haufen. Liebend gerne hätte er sein neues Geschäft geschlossen, umgestaltet, modernisiert und wiedereröffnet, aber sein gesunder Menschenverstand sagte ihm, dass er es sich auf diesem kleinen Markt nicht leisten konnte, auch nur einen Kunden durch Unannehmlichkeiten zu verlieren. Seit er vor einer Woche seine Unterschrift auf die gepunktete Linie gesetzt hatte, gab Chase jeden Tag bevor er die Türen für seine Kunden öffnete sein Möglichstes, um ein paar Stunden Arbeit in das Sortieren und Ausmisten von über die Jahre liegengebliebenen Waren zu investieren. Als er an seinem zweiten Arbeitstag den Müll weggebracht hatte, war ihm ein Hund aufgefallen, der in der Seitengasse herumschlich.

Seine starken, intelligente Augen hatten Chase' Aufmerksamkeit erregt. In Manhattan schien jeder, den er kannte, kleine kläffende Hunde mit polierten Zehennägeln und Schleifen auf dem Kopf zu haben. In der Überzeugung, dass dieses prächtige Tier nach Nahrung suchte, war Chase wieder hineingegangen und mit seinem übrig gebliebenen Mittagessen zurückgekehrt, nur um festzustellen, dass der Hund so schnell verschwunden war, wie er aufgetaucht war.

Am folgenden Tag, nachdem er sich näher herangetraut hatte, hielt das umherstreifende Tier inne, um Chase von oben bis unten zu betrachten, fast so als würde es ihn mustern, bevor es schließlich weiterzog. Dasselbe Ritual war in den letzten Tagen Teil von Chase' Routine geworden. Jetzt, da er kurz davor war, für den heutigen Tag abzuschließen, fragte er sich, wo sein täglicher Besucher war.

Als er an dem Berg ausgemusterter Waren die Gassen hinunterspähte, musterten ihn wieder diese vertrauten bernsteinfarbenen Augen. „Habe ich den Test immer noch nicht bestanden?" Chase ging in die Hocke und wartete, ob der Hund heute endlich nahe genug herankommen würde, um zu prüfen, ob er jemandem gehörte. Geduldig auf der Stelle balancierend, widerstand er dem Drang, einen Luftsprung zu machen, als der pelzige Vierbeiner langsam zu ihm trottete.

Er untersuchte den Hund vom Kopf bis zum Hinterteil und suchte nach Anzeichen von Verletzungen oder Mangelernährung. Obwohl der Bursche ziemlich schlank aussah, vermutete Chase, dass dies jedoch mehr mit einem hohen Stoffwechsel zu tun hatte. „Irgendwie", er hielt dem Hund seine Handfläche zum Schnüffeln hin, „wette ich, dass es in deinem Stammbaum es einen oder zwei Wölfe gegeben hat." *Oder drei.* Seltsame Farbflecke deuteten darauf hin, dass seine Vorfahren mütterlicherseits höchstwahrscheinlich Hütehunde gewesen waren. Vielleicht Border Collies. Da Chase sich nun sicher war, dass ihm das Tier freundlich gestimmt war, hob er die Hand und kraulte den Hund hinter den Ohren. Es überraschte ihn, dass dieser seinen Kopf in Chase' Berührung lehnte. „Okay, vielleicht irre ich mich. Vielleicht gehörst du jemandem."

Die altmodische Glocke über der Vordertür ertönte.

Nicht dieses unausstehliche Geräusch moderner Elektronik, sondern das zarte Klingeln einer längst vergangenen Ära. Chase erhob sich langsam. „Tut mir leid, Junge, ich muss mich ums Geschäft kümmern." Jedes Mal, wenn dieses Geräusch ertönte, stieg ein Adrenalinstoß in Chase auf, der ihn antrieb. Wer hätte gedacht, dass eine dumme alte Glocke so aufregend sein konnte.

Vier Jahre an einer der besten Wirtschaftsuniversitäten des Landes. Zehn Jahre an der Wall Street, in denen er die Welt mitgeprägt und sein Bankkonto gefüllt hatte. Der Rest von Chase' Lebenslauf würde sich auf *Besitzer einer kleinstädtischen Farm und eines Futtermittelladens* reduzieren – und Gott, wie er bereits alles an diesem Ort liebte.

Der örtliche Polizeichef stand zusammen mit einem großen Mann, der scheinbar aus demselben Genpool stammte, in der Tür. „Hey."

„Chief." An jedem anderen Ort oder zu jeder anderen Zeit hätte Chase angenommen, dass ein Besuch der örtlichen Behörde bedeutete, dass irgendwo etwas passiert war. Nicht so hier. Hier, das hatte er bereits gelernt, war es üblich, auf einen kurzen Plausch vorbeizukommen.

„Das ist keine offizielle Angelegenheit. Nenn mich D.J.."

„Gerne. Also D.J.."

D.J.s Fast-Klon streckte seine Hand aus. „Finn Farraday. Freut mich, dich kennenzulernen."

„Geht mir genauso." Bevor er zustimmte, den Futterladen aufzukaufen, hatte Chase sich ein wenig umgesehen und wusste, dass die Farradays eine der größten Ranchen im County besaßen. Laut den wenigen Informationen, die Mr. Thomas nach dem Verkauf weitergegeben hatte, hatten die Farradays immer zu den besten Kunden des Ladens gehört.

„Wie ich sehe, änderst du den Namen nicht?" Finn deutete mit dem Daumen über die Schulter auf die Ladenfront hinter ihm.

„Ich wollte –"

„Na, schau mal, wer hier ist." D.J. machte ein paar Schritte nach vorne und ging in die Hocke. Mit wedelndem Schwanz trottete der Streuner freudig auf ihn zu. „Du siehst aber glücklich aus." Der Polizeichef kraulte den Vierbeiner mit beiden Händen am Hals. Wäre der Hund eine Katze, würde er vermutlich schnurren.

Grinsend beugte sich Finn vor, um den Rücken des Hundes zu kraulen, blieb dann plötzlich stehen, legte den Kopf schief und blinzelte. „Sieht Gray für dich etwas größer aus?"

D.J. neigte seinen Körper ein wenig nach hinten und schüttelte den Kopf. „Nein."

„Du hast einen lieben Hund." Chase fand, dass der kräftige, geschmeidige Hund zu dem Mann passte.

„Ist nicht meiner." D.J. streichelte das Tier weiter.

Chase blickte zu Finn.

„Nein." Finn zuckte mit den Schultern. „Meiner auch nicht."

„Hmm. Er sieht aber so aus, als würde er jemandem gehören."

„Das dachten wir alle." Der Polizeichef tätschelte den Hund und richtete sich auf. „Wenn du herausfindest, wem er gehört, lass es uns unbedingt wissen."

Chase nickte und fragte sich, wen er mit alle meinte. „Sicher doch."

„Nun", Finn streckte seine Hand aus, „ich wollte mich nur vorstellen und dich in der Stadt willkommen heißen. Ich bin spät dran, aber es war ein bisschen hektisch." Er grinste noch breiter als vor ein paar Minuten, als er den Hund entdeckt hatte. „Ich habe mich gerade verlobt."

Langsam fügte sich alles zusammen. Chase war im Bed-and-Breakfast abgestiegen, bis er eine eigene Langzeitunterkunft gefunden hatte, und hatte viel über die Farradays gehört. Nachdem er Adam, Megs Ehemann, und D.J., den Polizeichef, bereits kennengelernt hatte, hätte es für Chase nicht so überraschend sein müssen, dass die Ähnlichkeit sich auf weitere Geschwister erstreckte. Jetzt war er auch überrascht zu hören, dass der stramme Mann vor ihm der jüngste Bruder war, der sich vor Kurzem verlobt hatte. „Herzlichen Glückwünsch."

Stirnrunzelnd trat D.J. zur Seite. „Noch eine offene Tür?"

Chase nickte. „Ja, so ist mir der Hund gefolgt ..." Er sah sich um. „Wo ist er hin?"

„Das tut er immer. Er verschwindet einfach." Finn schüttelte den Kopf und machte einen weiteren Schritt zur Hinterseite des Ladens.

Die Glocke über der Tür ertönte und Gray sprang wie eine Sternschnuppe aus dem Nichts auf, stürmte an den drei Männern vorbei und sprang nach vorne.

„Scheiße", hallten drei Männerstimmen.

Visionen von Wolfszähnen, die tief in einen ahnungslosen Kunden eindrangen, ließen Chase dem Tier hinterhersprinten. *Verdammt.* Mit Finn auf den Fersen, sah Chase, wie der Polizeichef in Richtung seines Holsters griff, und sein Herz blieb einen Augenblick stehen. Er wollte nicht, dass der Hund verletzt wurde, aber freundlich oder nicht, Streuner konnten unberechenbar sein. Das brauchte er jetzt. Weniger als eine Woche in der Stadt und schon würde Chase aus den falschen Gründen Schlagzeilen machen.

Ein lautes Heulen durchbrach die panische Stille. Im selben Augenblick schloss eine große Brünette die Tür hinter sich – mit ausgestreckten Armen hob D.J. seine Waffe in Richtung der Tür – und der blitzschnelle

Hund sprang hoch und warf die Lady um und in eine Auslage mit Gartensamen.

Kleine Päckchen flogen durch die Luft und die mit Armen und Beinen um sich schlagende Frau stieß einen erstaunten Schrei aus. Der Polizeichef und sein Bruder kamen schweigend rechts und links von ihr zum Stehen.

„Was zum …?" Anstatt ein blutendes Opfer vorzufinden, sah Chase, wie der Hund über der am Boden liegenden Frau stand und ihr Gesicht ableckte.

Die beiden Brüder brachen in schallendes Gelächter aus. Der Chief steckte seine Waffe ins Holster und Finn drehte sich um, schlug Chase auf die Schulter und murmelte grinsend: „Auf ein Neues."

Flach auf dem Rücken liegend, brauchte Grace ein paar zusätzliche Sekunden, um zu verarbeiten, was zum Teufel gerade passiert war. Mit zusammengekniffenen Augen fand sie schließlich heraus, dass der Hund des neuen Besitzers der Grund war, warum ihre Brüder sie auslachten. Was sie nicht verstand, war, warum in aller Welt das Tier sie wie einen verschollenen Verwandten ansabberte. „Würde bitte jemand Rover von mir wegnehmen?"

Der Mann, den sie für den neuen Besitzer des Futtermittelladens hielt, stieß einen durchdringenden Pfiff aus. Zu ihrer großen Erleichterung rannte das Tier in seine Richtung davon. Gleichzeitig tauchten von beiden Seiten zwei Arme vor ihr auf.

„Bist du okay, Schwesterchen?" D.J.s Stimme übertönte die von Finn.

Grace stand auf, richtete ihre Kleidung zurecht und ließ ihre Verlegenheit und die Bruchlandung hinter sich, während sie den Mann genauer betrachtete, der die pelzige Bestie jetzt zum hinteren Bereich des Ladens eskortierte. „Sie müssen diesem Tier wirklich Manieren beibringen."

D.J. unterdrückte ein Lächeln, doch Finn gab sich keinerlei Mühe, seine Heiterkeit zu verbergen.

„Diesbezüglich." Finn musterte sie von Kopf bis Fuß, versicherte sich, dass sie nicht verletzt war, und verschränkte die Arme vor der Brust. „Das ist Gray."

Sie blinzelte nachdenklich und blickte von Finn zu D.J..

„Der Hund", erklärte D.J..

„Er sollte dort eingepfercht werden, wo er den Kunden nicht schaden kann." Obwohl ihre Jeans keine Anzeichen von Beschädigung aufwies, strich sie über ein imaginäres Staubkorn.

„Nein, Schwesterchen." D.J. wiederholte: „*Der Hund*."

„Wie auch immer", sie winkte ab und drehte sich in die Richtung, aus der der Ladenbesitzer zurückkehrte. „Alles, was nötig ist, um Pleite zu machen, bevor man überhaupt angefangen hat, ist ein Kunde, der einen verklagt, weil man versucht hat, ihn zu töten. Einen sehr angepissten Kunden."

„Fairerweise, bevor du etwas sagts", D.J. sah den Ladenbesitzer an, „sollte ich dich warnen. Sie ist Anwältin."

„Sie hat ihre Zulassung noch nicht", entgegnete Finn. „Technisch gesehen …"

Grace warf ihrem etwas älteren Bruder einen giftigen Blick zu. War es nicht schlimm genug, dass sie gerade einen Sturz erlitten hatte, der für ein Slapstick-Varieté geeignet war? Sie brauchte ihren Bruder nicht, um Details zu betonen. „Ich bin Anwältin. Und falls Sie es noch nicht wissen, ich habe eine Schwägerin, die nicht nur eine äußerst erfahrene und gefürchtete

Prozessanwältin ist, sondern auch eine Lizenz zur Prozessführung in Texas hat."

„Sie hat Recht." D.J. zuckte mit den Schultern, bevor er Chase ansah.

„Es tut mir leid –", begann Chase.

„Das sollte es." Sie würgte seine versuchte Entschuldigung ab und strich sicherheitshalber über einen Arm, bevor sie über das Durcheinander neben ihr zeigte. „Ihr Hund ist eine Bedrohung."

„Aber er ist nicht mein Hund." Der Mann hatte ein irritierend ansprechendes Lächeln.

Wenn sie wütend war, sollte sie nicht bemerken, dass ein Mann gut aussah. Oder dass seine Augen funkelten. „Lachen Sie mich aus?"

„Nein, Madam." Seine Augen weiteten sich. „Ich weise nur darauf hin, dass ich nicht der Besitzer des Hundes bin."

Grace machte einen Schritt nach vorne und Finn stellte sich vor sie. „Wir haben es dir gesagt, Schwesterchen. Das ist *der* Hund."

Wütend auf ihren Bruder, weil er ihr den Weg versperrte, dauerte es länger als nötig, bis sie merkte, dass ihre Geschwister versuchten, ihr etwas mitzuteilen. Etwas, das sie eindeutig nicht verstand.

Mit seiner rechten Hand tippte D.J. auf den Ringfinger seiner linken Hand.

Und da verstand sie. „Oh, verdammt nein." Sie machte auf dem Absatz kehrt und kletterte über das Durcheinander auf dem Boden.

„Ich glaube, ich verstehe nicht." Der Ladenbesitzer blickte zwischen den Geschwistern hin und her.

Finn und D.J. tauschten einen Blick aus und lächelten, gefolgt von lässigem Achselzucken.

„Fangen wir mit der Vorstellung an." D.J. sah zu seiner Schwester. „Grace, das ist Chase Prescott. Er ist derjenige, der dieses Geschäft vom alten Thomas gekauft hat." Mit einer halben Drehung in Chase' Richtung und einer Armbewegung in Richtung Grace fuhr er fort. „Und Chase, lass mich dir meine Schwester Grace vorstellen."

Finn kicherte. „Und laut Gray deine zukünftige Frau."

KAPITEL ZWEI

„Ich dachte, Grace und Finn wären inzwischen zurück. Sollen wir noch eine Runde spielen?“ Eileen richtete ihre Aufmerksamkeit von der Main Street auf die Frauen am Tisch, mit denen sie schon seit weit über zwanzig Jahren befreundet war.

„Ich bin dabei.“ Dorothy nahm den Kartenstapel neben sich. „Ich frage mich, was sie aufhält. Wollte Finn nicht nur kurz vorbeischauen, um Chase kennenzulernen?“

„Nun, der Mann ist Single.“ Sally May hob die Karten ab.

Ruth Ann wedelte sich mit der Hand Luft zu. „Und vergiss nicht, gutaussehend.“

„Sehr gutaussehend.“ Dorothy teilte die erste Runde Karten aus. „Vielleicht ist er Gracie aufgefallen.“

„Lass sie besser nicht hören, dass du sie so nennst. Eileen betrachtete ihre nächste Karte. Grace war gerade einmal zehn Jahre alt gewesen, als sie verkündet hatte, dass sie zu erwachsen sei, um Gracie zu heißen. Und wehe, wenn einer ihrer Brüder das vergaß. Sie war vielleicht die Jüngste und ein Mädchen, aber verdammt, sie konnte diese Jungs bei der Stange halten.

Die Erinnerung an ihre Familie, jung und sorglos und niedlich und gelegentlich streitsüchtig, ließ Eileen aus tiefstem Inneren grinsen. Sie vermisste diese Tage. Mehr, als sie je gedacht hätte, als sie hierhergekommen war, um ihrer Schwester mit Grace zu helfen.

Ursprünglich hatte sie nur geplant zu bleiben, bis Sean eine passende Haushälterin finden würde. Natürlich war für Eileen keine davon gut genug gewesen. Und schließlich ertappte sie sich dabei, dass sie wie ihre Schwester dachte und Mama spielte. Und das aus vollem Herzen. Singen war etwas, das sie schon immer geliebt hatte. Aber nicht annähernd so sehr wie diese Kinder.

„Eileen? Bist du dabei?" Dorothy starrte sie an.

„Oh ja." Sie hatte keine Ahnung, welche Karten sie auf der Hand hatte, doch sie warf einen Chip in den Pot. Schnell steckte sie ihre Karten um und warf die nutzlosesten weg. „Drei."

„Nun, ich denke, es wäre nett, wenn Grace in der Stadt bleiben würde."

Das dachte Eileen auch, aber sie hatte es aufgegeben, ihrer Nichte ausreden zu wollen, die Welt zu erobern. Hatte sie in diesem Alter nicht genauso empfunden? „Wird nicht passieren." Zumindest jetzt noch nicht.

Sally May zuckte mit den Schultern. „Man kann nie wissen. Vor zwölf Monaten hätte ich alle Kühe in Texas darauf verwettet, dass nicht einer der Farradays bis Jahresende verheiratet sein würde."

„Und jetzt ist nicht nur einer unter der Haube, sondern gleich drei. Und drei sind kurz davor." Dorothy schüttelte den Kopf und warf ihre Karten ab. „Ich bin raus."

„Wäre schön, Grace auch zu verheiraten." Ruth Ann warf einen Chip hinein. „Alle Kinder würden dann ungefähr zur gleichen Zeit herausploppen."

„Wir sprechen von derselben Grace Farraday?" Sally May verschluckte sich fast an ihrem Eistee. „Die Grace, die auf die Jüngste der Rankins aufgepasst und sie zwei Stunden lang im Hochstuhl vor dem Aquarium geparkt hat, damit sie ohne Störung *Eine Frage der Ehre* ansehen konnte?"

Dorothy nickte und zog ihre Karten an ihre Brust. „Und am Limonadenstand Umsatzsteuer berechnet hat und einen Premium-Zuschlag verlangte, wenn die Leute eine Maraschino-Kirsche wollten?"

Ruth Ann kicherte. „Okay. Okay. Ich gebe Ruhe. Was habe ich mir dabei gedacht? Unsere Grace wird die erste Frau des Landes sein, die zur Präsidentin gewählt wird."

Alle Köpfe am Tisch wippten auf und ab.

Lächelnd legte Sally May ihre Karten auf den Tisch. „Zwei Paare. Damen und Zehner. Außerdem ist der Hund noch nicht aufgetaucht."

„Oh Gott. Sag mir nicht, dass du jetzt auch auf diesen Hund wartest?"

Sally May zuckte mit den Schultern. „Du musst zugeben, niemand sonst in der Stadt hat den Hund gesehen, abgesehen von den alleinstehenden Farradays."

Ruth Ann legte ein Paar Asse auf den Tisch, lehnte sich in ihren Stuhl zurück und schüttelte den Kopf über eine weitere verlorene Hand. „Und ihre zukünftigen Frauen."

„Du auch noch?" Dorothys Augen weiteten sich. „Ihr seid alle verrückt."

„Nun, wenn man bedenkt, dass eine der Personen, die den Hund gesehen hat, deine Enkelin war, die bald Rebecca Farraday heißen wird," Ruth Ann zuckte mit den Schultern, „solltest du vielleicht auch anfangen daran zu glauben."

„Auf keinen Fall kann mich irgendjemand davon überzeugen, dass ein streunender Hund den Kuppler spielt."

Eileen verschwendete ihren Atem nicht an diesen Streit. Dieser Hund, streunend, wild, wie auch immer man ihn nennen wollte, hatte die perfekten Partnerinnen für all ihre Jungs ausgesucht. Und ohne den Segen dieses Tieres würde sie nicht anfangen, in Bezug auf Grave über eine Hochzeit zu sprechen. Punkt.

„Nun", Dorothy schob ihre Karten zusammen und legte sie verdeckt hin, „ich habe Nichts."

Über Dorothys Schulter hinweg erhaschte Eileen einen flüchtigen Blick auf eine bodennahe Bewegung, die auf sie zukam. Als sie ihren Blick hob, um aus dem Fenster zu blicken, sah sie Gray aus der Richtung des Futtermittelladens die Straße entlang trotten. Ein überwältigender Drang, so breit wie der Red River zu grinsen, überkam sie. Und als sie auf ihre Karten blickte, stellte sie fest, dass sie ein Full House hatte. Könige und Asse.

Eileen lächelte wie eine Verrückte und legte ihre Karten auf den Tisch. „Sieht so aus, als würde ich gewinnen."

Nur zwei Dinge waren möglich. In der Familie Farraday herrschte der Wahnsinn oder der Rancher hatte einen verdammt seltsamen Sinn für Humor. Wie auch immer, nichts in Chase' ereignisreichen Vergangenheit hatte ihn darauf trainiert, wie man auf eine so eklatante … *was?* … Falle … antwortete.

Grace schüttelte den Kopf. Einen sehr hübschen Kopf. „Ignorier diese beiden Clowns. Sie haben zu oft eine auf den Kopf bekommen." Sie richtete einen eisigen Blick in ihre Richtung und betonte langsam: „Von mir."

Trotz der lächerlichen Aussage musste Chase ebenfalls grinsen. Die Schwester hatte Temperament und irgendetwas daran fand er unterhaltsam.

„Worüber lachst du?" Der eisige Blick richtete sich auf ihn.

Er schloss seinen Mund, schluckte sein Lächeln hinunter und streckte seine Hand aus. „Nichts. Freut mich dich kennenzulernen."

Ein paar Sekunden lang starrte sie auf seine Hand, als wäre sie eine Falle oder würde ihr vielleicht nur die Beulenpest bescheren, bevor sie einen Seufzer ausstieß und sie akzeptierte. „Willkommen in Tuckers Bluff."

Er nickte. „Und das mit dem Hund tut mir leid. Bist du okay? Es war eine dumme Frage, wenn man bedachte, dass sie völlig in Ordnung aussah. Besser als in Ordnung. Aber er war bereit, seine letzte Investition darauf zu verwetten, dass alles andere, was er sagen könnte, ihn nur in Schwierigkeiten bringen würde.

„Ja. Danke." Sie straffte die Schultern und drehte sich zu ihren Brüdern um. Eine anmutige Drehung, die bewies, dass die harte Landung nicht auf Tollpatschigkeit zurückzuführen war. „Der Ladys Club sagt, es sei noch früh am Tag. Ich habe versucht, dich anzurufen, um dich wissen zu lassen, dass ich heute Abend zusammen mit Joanna bei Becky zu Abend esse. Tante Eileen muss zurück zur Ranch gefahren werden."

Stirnrunzelnd zog Finn sein Handy aus der Tasche, tippte auf das Telefon und drückte auf die Seite. „Das verdammte Telefon spielt verrückt. Der Klingelton ist ausgeschaltet."

„Das kann ein Zeichen dafür sein, dass der Akku am Ende ist", meinte Chase, trat einen Schritt auf Grace zu und stellte die umgeworfene Auslage wieder auf. „Vielleicht willst du es früher oder später ersetzen."

Finn nickte. „Mache ich. Ich muss noch bei den Schwestern vorbeischauen, um zu sehen, ob Joannas Bestellung da ist." Er wandte sich an Grace. „Ich brauche noch ein bisschen. Willst du, dass ich dich danach zum Café mitnehme?"

„So alt bin ich nicht. Ich kann ein paar Schritte die Straße hinaufgehen."

„Ich kann dich mitnehmen", bot D.J. an, lehnte sich vor und hob ein paar Samenpäckchen vor sich auf.

„Danke, aber ich kann wirklich laufen."

D.J. gab Chase die Päckchen. „Dann sollte ich mich besser auf den Weg machen. Ich habe Esther gesagt, dass ich nur eine Minute weg bin." Er folgte seinem Bruder aus der Tür und ließ seine Schwester mit Samenpäckchen in jeder Hand vor Chase stehen.

„Vielen Dank." Chase nahm die heruntergefallenen Gegenstände entgegen und stopfte sie schnell in die Auslage.

„Du solltest sie sortieren. Niemand schnappt sich gerne ein paar Päckchen Radieschen und hat dann Ringelblumen dabei."

„Ja, gut, ich ordne das später."

Sie riss ihm die Samen aus der Hand. „Es ist einfacher, das gleich zu machen. Warum die Regale zweimal sortieren?"

Er warf einen Blick auf die Auslage und wieder zu ihr. Die Frau hatte recht. So wie sie sortierte, stapelte und verschob, hatte er das eindeutige Gefühl, dass sie das schon einmal getan hatte. Nachdem Chase die letzten auf dem Boden verstreuten Päckchen aufgesammelt hatte, reichte er sie ihr und trat zurück. Sie hatte nicht nur geholfen, die Regale zu füllen, sie hatte auch die Platzierung der gesamten Auslage neu ausgerichtet. Nicht viel. Nur ein paar Zentimeter nach rechts, aber etwas gedreht. Es war nun nicht mehr im Weg und immer noch gut sichtbar. „Sieht gut aus."

Grace rieb ihre Hände aneinander, nickte zufrieden und warf einen Blick auf die Seile, die er an der gegenüberliegenden Wand aufgehäuft hatte. „Was machst du damit?"

„Sie waren durcheinander. Ich werde sie besser sortiert wieder an die Wand hängen."

Über Grace' hübschen blauen Augen wölbten sich zwei Brauen. „Wie, besser?"

„Nach Farben geordnet."

„Nach Farben?" Ihre Brauen hoben sich erneut hoch auf ihre Stirn und für den Bruchteil einer Sekunde war Chase überzeugt, dass er Erschütterung in ihrem Blick lesen konnte.

„Gibt es ein Problem mit farblicher Sortierung?"

„Das funktioniert hervorragend bei einem Ablagesystem, aber nicht bei Seilen für Vieh."

Neugierig verschränkte Chase die Arme. „Oh, warum das?"

Sie deutete auf das grüne Seil oben. „Das ist ein Kopfseil." Ihr Finger senkte sich und zeigte auf ein anderes Seil darunter in einem ähnlichen Farbton. „Das ist ein Fersenseil."

Kopf? Ferse? An dem einen Tag, an dem der alte Mann Thomas tatsächlich aufgetaucht war, um Chase einen Crashkurs zu geben, hatte der Kerl kein Wort über Kopf- oder Fersenseile verloren.

„Die orangefarbenen sind Ranchseile", fügte sie hinzu. „Die könntest du nach Länge sortieren. Mr. Thomas hatte hauptsächlich fünfzig oder hundert Fuß lange auf Lager."

Zumindest hatte bei den Orangen seine Methode funktioniert. Er überlegte, wie dumm weitere Fragen wirken würden, und entschied, dass er nach dem Fiasko mit der farblichen Sortierung nicht noch inkompetenter wirken könnte. „Ich lehne mich mal aus dem Fenster und nehme an, dass das Kopfseil für den Kopf einer Kuh ist und das Fersenseil für ihre Füße?"

Grace nickte. „Das Kopfseil ist weicher und kürzer. Das Fersenseil für die Hinterbeine ist robuster und drei Fuß länger. Obwohl einige Viehzüchter es für die

Arbeit mit Rindern verwenden, ist es hauptsächlich für Rodeo-Veranstaltungen und dergleichen."

Was *dergleichen* bedeutete, würde er ein andermal fragen. „Also wieder so ordnen wie es war?"

Mit einem Achselzucken streckte Grace ihre Hände mit den Handflächen nach oben von sich. „Die meisten Viehzüchter geben Bestellungen zum Abholen auf, aber wenn jemand hereinkommt und einkauft, ist er wahrscheinlich gewohnt, Kopfseile links und Fersenseile rechts zu finden."

Das ergab Sinn. Als er hierherzog und diesen Laden kaufte, wusste Chase, dass es eine Lernkurve geben würde. Aber er hatte von dem früheren Eigentümer mehr Hilfe erwartet, insbesondere bei der Finanzierungsvereinbarung, die sie getroffen hatten.

„Wo ist Andy?" Grace blickte durch die offene Tür zum Lager- und Bürobereich.

„Andy?"

„Der Angestellte?"

Chase schüttelte den Kopf. „Mir wurde gesagt, dass der Sohn von Mr. Thomas und seine Frau diesen Laden alleine führten."

Diese quirligen Augenbrauen schossen wieder nach oben. „Wirklich?"

„Ist wohl nicht die Wahrheit."

„Der Sohn von Mr. Thomas führt den Laden schon seit einigen Monaten nicht mehr. Andy ist der Bestattungsunternehmer, aber er arbeitet hier Teilzeit, wenn sein Geschäft schlecht läuft. Marge, die andere Vollzeitangestellte, ging, als Jake der Jüngere übernahm. Was vielleicht auch erklärt, warum sie es so schwer hatten. Wenn es voll wird, kann es für nur zwei Personen anstrengend sein."

„Und du weißt das alles woher?"

Ihre Brauen hoben sich erneut. „Das ist eine kleine Stadt. Wenn du irgendwelche Geheimnisse hast, vergrab sie besser oder enthülle sie gleich, denn es wird nicht lange dauern, bis die ganze Stadt weiß, wann dein Wecker klingelt und wie lange deine Milch schon im Kühlschrank steht."

Obwohl ihn alle anderen Bewohner der Stadt, die ihn willkommen geheißen hatten, vor ziemlich genau der gleichen Sache gewarnt hatten, waren die früheren Mitteilungen mit einem liebevollen Hauch von Stolz auf ihre Gemeinschaft ausgesprochen worden. In Grace' Worten steckte die Verachtung eines Teenagers, dessen Geknutschte im Auto zum Stadtgespräch geworden war. „Ich habe keine Geheimnisse." *Nicht wirklich.*

„Gut für dich." Grace fuhr mit den Händen über ihre Jeans und schüttelte den Kopf. „Tut mir leid. Ich bin nicht sehr freundlich."

„Wenn man bedenkt, dass du in meinem Laden gestürzt bist, weil ich ein streunendes Tier nicht zurückhalten konnte, würde ich sagen, dass es freundlich genug ist, mich nicht zu verklagen." Ein Anflug eines Lächelns huschte über ihre Lippen und Chase ertappte sich dabei, wie er sich wünschte, er könnte ihr Gesicht vor Lachen erstrahlen sehen.

„Ich bin jetzt schon seit einigen Jahren von zu Hause weg."

Chase dachte darüber nach. Sie wäre Anwältin, hatten ihre Brüder gesagt.

„Um jeden Tratsch über die Leute zu erfahren, braucht es nicht viel mehr als ein Sonntagsessen, aber", sie neckte ihn mit einem etwas größeren Lächeln, „während der High School habe ich hier gejobbt. Da bekommt man einiges mit."

„Verstehe."

„Aber ich sollte dich warnen, jeder Rancher wird dir den Unterschied zwischen einem Kopfseil und einem Fersenseil erklären, und Farben werden dabei keine Rolle spielen." Diesmal breitete sich ein breites Grinsen aus und Chase entschied, dass das Leben in einer Kleinstadt definitiv viel zu bieten hatte.

„Erzähl mal." Grace verlagerte ihr Gewicht und musterte den gutaussehenden Mann vor ihr. Die kurzen Haare, das Poloshirt, die Khakihosen, und vor allem die kürzlich erst aus der Schachtel geholten glänzenden Cowboystiefel schrien geradezu Großstadtgeschäftsmann. „Warum gerade ein Futtermittelladen?"

Verdammt, dieser Kerl hatte ein unglaublich nettes Lächeln. Er hatte es mehr als einmal erstrahlen lassen und Grace gefiel das aufgeregte Gefühl nicht, das in ihr herumsprang. Er war der erste Mann seit verdammt langer Zeit, der ihr das Gefühl gab, sich wie ein junges Mädchen zu fühlen. Warum musste es nur unbedingt ein Geschäftsmann sein, der die wahnhafte Idee hatte, in West-Texas Wurzeln zu schlagen.

„Warum nicht?"

„Es braucht keinen FBI-Profiler, um herauszufinden, dass du nichts über Landwirtschaft, Viehzucht oder generell das Leben im ländlichen Westen von Texas weißt."

„Ich lerne schnell."

Sie ignorierte die ausweichende Antwort und nahm sich eine Sekunde Zeit, um sich in dem alten Futterladen umzusehen. Das Neuanordnen der Seile war nicht die einzige Anstrengung des neuen Besitzers gewesen. An wichtigen Orten waren frische Auslagen aufgestellt worden, darunter die Blumensamen, die sie in die Luft befördert hatte. „Was hast du da drüben vor?" Sie deutete auf den leeren Teil des Ladens, wo einst der Gang mit Kraftfutter und Vitaminen gewesen war.

„Es kommt bald eine Lieferung mit neuen Halftern und Führstricken." Er verschränkte die Arme. „Nylon." Seine Mundwinkel wanderten nach oben. „Farbenfroh."

Vielleicht war der Typ doch nicht so dumm, wie sie dachte. Seit Jahren wollten die Leute, dass der alte Thomas seine Artikel über das Standard-Rancher-Leder und das langweilige Braun hinaus erweiterte. Sie selbst hatte oft Zaumzeug in verschiedenen Farben für verschiedene Pferde online bestellen müssen. „Warst du überhaupt jemals auf einer Ranch? Einer bewirtschafteten Ranch", fügte sie schnell hinzu, für den Fall, dass der Kerl einmal auf einer Party-Ranch eingekehrt war.

„Es gibt nicht viele Ranches in den Vororten von New York City."

Grace versuchte, nicht zusammenzuzucken, als ihr Visionen von Großstädtern zu Pferd aus den Westernkomödien ihrer Kindheit durch den Kopf schossen. „Ich bin überrascht, dass meine Tante dich noch nicht auf die Ranch eingeladen hat, aber wir würden uns freuen, dich herumzuführen, wenn du am Sonntag zum Essen zu uns kommst."

Die Augen von Mr. Großstadtheld verzogen sich mit tiefen Lachfältchen. „Danke, aber du hast Recht, deine Tante hat mich für morgen zum Essen eingeladen."

„Gut." Sie verwarf, ihm anzubieten, zu bleiben und mit den Seilen zu helfen, nickte und machte einen Schritt in Richtung Eingangstür. „Ruf Andy an. Er kann immer ein wenig zusätzliche Arbeit zwischen seinen ... ähm ... Kunden gebrauchen. Falls du den Schreibtisch im Büro noch nicht aufgeräumt hast, die Telefonnummern kleben an dem alten Eichenregal daneben."

Chase nickte. „Ich werde nachsehen. Danke."

Sie konnte sehen, wie sich die Zahnrädchen in seinem Gehirn drehten. Wahrscheinlich kalkulierte er, wie er sich zusätzliche Hilfe leisten könnte. Der arme Kerl würde bei der ganzen Sache wahrscheinlich sein letztes Hemd verlieren. Selbst wenn ihre Brüder ihm die Ranch zeigten, würde der Großstädter vermutlich nicht schnell genug verstehen, was alles auf einer Rinderfarm benötigt wurde. Schade. Sie mochte sein Lächeln.

KAPITEL DREI

„Vielleicht hätten wir durchbrennen sollen." Becky stieß einen Seufzer aus und rieb ihr Gesicht mit so viel Kraft, dass Grace die Frustration ihrer Jugendfreundin spüren konnte. „Das Kleid sollte letzte Woche hier sein."

„Und sie haben versprochen, dass es am Montag in der Boutique sein würde." Grace sprach besonders leise, um dem Gespräch etwas Ruhe zu verleihen.

„Ich hätte einfach eines von denen kaufen sollen, die sie passend hier hatten."

„Und du hättest hübsch ausgesehen. Aber du hast so toll in dem Kleid ausgesehen, das am Montag kommt."

Becky lehnte sich zurück und grinste. „Das habe ich, nicht wahr?"

„D.J. wird seine Zunge verschlucken, wenn er dich zum Altar schreiten sieht."

„Ich bin lange genug hier, um zu wissen", Joanna reichte der zukünftigen Braut ein Glas Wein, „dass D.J. seine Zunge selbst dann verschlucken würde, wenn du in einem Kartoffelsack vor den Altar trittst. Der Typ ist total hin und weg von dir."

Grace nahm das Glas entgegen, das Joanna ihr reichte. Auf der Ranch gab es eine Menge liebeskranker Blicke. Jedes Mal, wenn Grace sich umdrehte, war es, als wäre sie in einen Stapel Märchenbücher gefallen. Jedes mit einer wunderschönen Prinzessin und ihrem hübschen Prinzen.

Becky nahm einen Schluck Wein und stieß einen langen Atemzug aus. „Ich könnte dasselbe über Finn sagen."

„Hoffentlich." Joanna hob Becky ihr Glas entgegen und grinste wie eine vernarrte High School Schülerin, die vom Kapitän der Footballmannschaft zum Abschlussball eingeladen wurde, bevor auch sie einen Schluck Wein nahm. „Das Zeug ist wirklich gut. Wo hast du das her?"

„Lokales Weingut." Grace stellte ihr Glas auf den Tisch.

„Hier?" Joanna schluckte schwer.

„Wir sind in den Hochebenen. Anscheinend ist das gut für den Weinanbau. Einer der Bradys hat das Weingut vor fünf oder sechs Jahren aufgebaut.

„West-Texas steckt voller Überraschungen." Johanna lehnte sich zurück. „Also, der Plan ist, dass wir alle am Montag nach Dallas fahren, wenn das Kleid nicht kommt, oder?"

„Es wird kommen. Ich glaube, ich habe ihnen genug Angst vor Gott und dem Obersten Gerichtshof eingeflößt, damit es rechtzeitig kommt." Grace zuckte mit den Schultern. „Außerdem habe ich die Tracking-Informationen überprüft und es sollte jetzt jeden Moment die texanische Grenze überqueren."

„Dafür, dass du nicht wirklich als Anwältin praktizieren willst", Becky streifte ihre Schuhe ab, „drohst du einer Menge Leute mit Klagen."

„Ich dachte, du wärst wegen der Hochzeit zu Hause und um für die Anwaltsprüfung zu lernen?", fragte Johanna.

„Bin ich."

„Aber du hast nicht vor, als Anwältin zu praktizieren?"

„Das stimmt." Grace hielt ihren Arm nach oben

und betrachtete die schöne Farbe des Weins. Die meisten Leute hielten sie für verrückt, weil sie ohne als Anwältin praktizieren zu wollen, Jura studiert hatte. Doch die meisten Leute wussten nicht, dass ein gutes MBA-Programm ungefähr so viel kostete wie ihr Jurastudium. Aber mit dem Jurastudium konnte sie direkt in einer höheren Gehaltsklasse einsteigen. „Wenn ich die Prüfung nicht bestehe, werden alle zukünftigen Arbeitgeber denken, ich wäre dumm oder durchgefallen oder eine Kombination aus beidem."

„Und das ernsthafte Lernen beginnt am Tag nach meiner Hochzeit." Becky grinste ihre Freundin an. Die wenigen Schlucke Wein, die sie getrunken hatte, zeigten bereits Wirkung. Sie hatte noch nie viel vertragen. „Sollen wir die Checkliste durchgehen?"

„Süße", Grace stellte ihr Glas auf den Kaffeetisch und beugte sich vor, „seit dem Mädelsabend gestern hat sich nichts geändert. Es arbeiten genug Leute an dieser Hochzeit, um die beste Hochzeitsplanungsfirma westlich des Mississippis zu gründen. Entspann dich und genieß den Film."

Es gab eine Zeit, in der Grace genau das gewollt hatte, was Becky nun hatte – einen guten Mann, einen guten Job und bequeme Schuhe. Sie hatten ihre Hochzeiten geplant und sich ihre Prinzen vorgestellt. Bis sie die High School abgeschlossen hatte, war Becky bereits tief in dem Traum von einem weißen Lattenzaun und zwei Komma fünf Kindern inklusive eines Wurfs Welpen, versunken. Grace jedoch war rastlos geworden, als sie sah, wie ihre Brüder einer nach dem anderen die Ranch verließen. Sie hatte all die Geschichten von weit entfernten Orten, Dingen abseits der Viehzucht und dem Leben auf der Überholspur aufgesogen. Die Zukunft hatte mehr zu bieten als nur West-Texas. Und ihr neu verliehener Abschluss würde dafür sorgen, dass sie jede Minute davon genießen konnte.

Chase drehte seinen Hals von einer Seite zur anderen, streckte die Arme aus und schlug dann den Deckel seines Laptops zu. „Ich kann dir nicht genug für all die Hilfe danken."

„Wenn man bedenkt, dass du nichts über Vermarktung oder Tierwesen wusstest, hast du die Situation ziemlich gut im Griff."

Chase zuckte mit den Schultern. „Nun vielleicht ein klein wenig über Vermarktung." Marketing, Merchandising, Werbung, Mikroökonomie, Makroökonomie, Statistik und eine lange Liste anderer Studienfächer befanden sich seit Jahren in seinem Kopf. Es machte mehr Spaß, als er erwartet hatte, Details von Informationen aus den Datenbanken seines Gehirns abzurufen und sie im wirklichen Leben anzuwenden. „Aber selbst die besten MBAs bereiten eine Person nicht darauf vor, die Unterschiede bei Gelenkmitteln für Pferde oder Vitaminen für Rinder zu evaluieren."

Lächelnd kratzte sich Adam am Kopf. „Ja, ich vermute mal, Mittel zur Abwehr von Fliegen hatte im Wirtschafts-Studium nicht die oberste Priorität."

„Nein", lachte Chase, „aber vielleicht habe ich diese Vorlesung verpasst."

„Nun Gentlemen, fertig mit Veterinärmedizin?" Meg trug ein hölzernes Tablett herein und stellte es vor ihrem Mann und Chase auf den massiven Tisch.

Chase schnüffelte in der Luft. „Wow, das riecht gut."

„Das liegt daran, weil es auch so schmeckt." Adam lächelte Meg an und rutschte hinüber, damit sie sich neben ihn auf das bequeme Sofa setzen konnte.

Meg tätschelte sanft das Knie ihres Mannes. „Es

schmerzt auch nicht, dass ich nicht diejenige bin, die das gebacken hat."

„Das stimmt", neckte Adam und stach mit einer Gabel in den warmen Zimtkuchen.

„Hilft es, dass ich den Zimt auf die Glasur gestreut habe?" Meg schenkte ihrem Mann ein breites Grinsen.

„Absolut", murmelte Chase mit vollem Mund. „Tut mir leid", er schluckte, „das ist wirklich fantastisch." Er würde ernsthaft Fitnessgeräte bestellen müssen, wenn er noch länger hierblieb.

„Konnte mein Mann dir helfen?"

„Definitiv." Chase nahm einen Schluck Kaffee. „Ich konnte anhand der Verfallsdaten erkennen, dass der Vorbesitzer zu viele Lagerbestände hatte. Aber es war schwieriger, als ich gehofft hatte, herauszufinden, wann und wo Mr. Thomas die Kontrolle über Angebot und Nachfrage verloren hatte. Ich habe mit einigen der Rancher gesprochen, als sie Bestellungen aufgegeben haben, aber ich brauchte wohl einen Crashkurs."

„Morgen die Ranch zu besuchen, sollte auch helfen." Adam stach auf seinen eigenen Kuchen ein.

„Es war sehr nett von deiner Tante, mich zu euch einzuladen."

Adam zuckte mit den Schultern. „Ich denke, inzwischen hätten die meisten Leute irgendeine Art Einladung ausgesprochen."

„Ich bin mir nicht sicher, wie viele *die meisten* sind, aber ich habe noch eine Einladung von den Schwestern offen. Apropos", Chase legte seine Gabel weg, „wie heißen die beiden?"

Gelächter grollte tief aus Adams Brust.

„Ich weiß!" Meg warf die Hände nach oben. „Es ist verrückt."

„Ich glaube, die meisten von uns wussten nicht einmal, dass wir ihre Vornamen nicht kannten, bis Leute, die neu in der Stadt waren, danach zu fragen begannen. Es schien vollkommen normal, dass sie Sister und Sissy sind."

Normal? Okay. Wenn er und sein Vater nie in Frage gestellt hatten, warum Deputy Barney Fife keine Waffe trug und Otis seinen Rausch immer in einer unverschlossenen Zelle ausschlief, würde Chase auch Sister und Sissy akzeptieren können. „Ich habe auch bereits eine Einladung der Rankins und der Bradys ausgeschlagen."

„Von welchem Brady?"

„Es gibt mehr als einen Rancher namens Brady?"

Meg nickte. „Es gibt eine ganze Litanei von ihnen. Früher waren sie eine große Rancherfamilie, aber jetzt gehen sie den unterschiedlichsten Dingen nach."

„Ah. Die Einladung kam von Sam."

„Ja. Er hat das größte Stück abbekommen. Die jüngeren haben weniger Land, aber die meisten von ihnen betreiben keine Ranch mehr."

„Also, warum hast du alle anderen erst einmal vertröstet, aber nicht Tante Eileen?"

„Ich bin mir ziemlich sicher, dass ich es versucht habe, aber bis ich aufgelegt hatte, hatte ich mich schon irgendwie verstrickt, Mr. Farraday nach der Kirche zur Ranch zu folgen."

„Das hat sie auch mit mir getan", kicherte Meg. „Erstaunliche Gabe … diese Überzeugungskraft."

Chase zuckte mit den Schultern. „Ich bin froh. Ich habe mich darin vergraben, die alten Lagerbestände aufzuräumen, die Kunden kennenzulernen, den Laden ins neue Jahrtausend zu bringen, und dabei vergessen, Luft zu holen."

„Klingt so, als könnte man die stressigen Gewohnheiten der Großstadt nicht so leicht hinter sich lassen." Meg nahm einen Schluck aus ihrer Teetasse, die sie in beiden Händen hielt.

Adam drückte das Knie seiner Frau und nickte

Chase zu. „Es ist sicher nicht einfach, das Tempo des Lebens in New York City für unsere kleine Stadt aufzugeben."

Von dort, wo Chase saß, konnte er einen Hauch ernsterer Gedanken sehen, die hinter den lächelnden Augen umherwirbelten. „New York ist in vielerlei Hinsicht eine andere Welt."

„Aber das Leben dort macht auch verdammt viel Spaß." Meg stellte ihre Tasse auf die Untertasse. „Im College sind wir oft mit dem Zug in die Stadt gefahren, haben uns eine Show zum halben Preis angesehen, einen Hot Dog an einem Straßenstand gegessen oder sind im Winter auf der Fifth Avenue spazieren gegangen, und haben die geschmückten Schaufenster bewundert und geröstete Maronen gegessen."

Adam lächelte. „Ah, die berühmten Maronen, die über offenem Feuer geröstet werden."

„Ja. So lecker." Die Art und Weise, wie Meg mit der Zunge über ihre Lippen fuhr, reichte fast aus, um Chase dazu zu bringen, diesen Winter eine Heimreise auf seine To-Do-Liste zu setzen.

Einige der besten Dinge in seiner entfernten Heimat, waren die Sachen, die Touristen taten. Immer wenn man Lust hatte, eine Broadway-Show oder die Eisbahn vor dem Rockefeller Center besuchen zu können, war definitiv ein Pluspunkt. Natürlich war das Problem für die meisten Einheimischen nicht die fehlende Möglichkeit, sondern die fehlende Zeit. Es war schwer, den Hudson hinaufzufahren und ein Hummerbrötchen zu essen oder sich an einem guten Sitz in der Oper zu erfreuen, wenn die Arbeitswoche sechs oder sieben Tage und achtzig Stunden lang war.

Als er endlich Luft holen konnte, waren es nicht Live-Theater, geröstete Maronen oder Fahrten mit der Fähre, nach denen er sich sehnte. Chase wollte sich nicht in einem Betondschungel zu Tode arbeiten. Er wollte selbstgebackenen Kuchen, langsame Spaziergänge durch leere Straße, freundliche Nachbarn, Klatsch und Sonntage, an denen das Familienessen mehr als der Nettoprofit zählte, genießen. Egal wie lange es dauern oder wie viel es ihn kosten würde, er wollte sich neues Leben in Tuckers Bluff aufbauen oder bei dem Versuch sterben.

KAPITEL VIER

„Wie geht's der Hand?" Sean Farraday stand mit einem amüsierten Funkeln in den Augen neben der Motorhaube seines riesigen Pickups.

Chase bewegte die Finger seiner rechten Hand, während er sich dem Familienpatriarchen näherte, und konnte nicht anders, als das Lächeln zu erwidern. Heute war sein erster Besuch in der weißen, mit Schindeln verkleideten Landkirche gewesen, und er hatte mehr Menschen die Hand geschüttelt als ein Bräutigam beim Hochzeitsempfang. „Vielleicht muss ich anfangen, Gewichte zu heben oder so."

Sean legte den Kopf in den Nacken und lachte. „Bei Mabel Berkner musst du aufpassen. Sie kann höllisch zupacken."

Chase schüttelte die Hand aus und nickte. „Das muss dann wohl die kleine Frau mit dem breiten Lächeln und dem bunten Kleid gewesen sein. Sie hatte einen großen, dünnen Mann an ihrer Seite."

„Genau die." Immer noch grinsend begleitete Sean ihn hinein.

Chase war kurz davor gewesen, das Lenkrad loszulassen und sich zu kneifen, als er dem Zug aus Trucks und SUVs folgend unter dem geschwungenen Familienschriftzug hindurchfuhr. Umgeben von gesprächigen und freundlichen Menschen in einer Stadt, die im Vergleich zu Manhattan so groß wie eine

Briefmarke wirkte, war er fast überzeugt, dass er jetzt vielleicht sein Mayberry gefunden haben könnte. Auch wenn an hier draußen nicht leugnen konnte, dass er sich definitiv in Texas befand.

Die Matriarchin, Tante Eileen, war als erste aus einem Truck gesprungen und ins Haus geeilt. Große Hüte und sich lebhaft unterhaltende Menschen strömten aus den Autos nach drinnen. Ein paar Frauen trugen zugedeckte Gerichte. Wie ein guter Gastgeber hatte Sean auf Chase gewartet, bevor er hineingegangen war. Vielleicht sollte er sich doch noch kneifen.

„Du siehst etwas verstört aus." Sean kicherte, als sie die Schwelle in das große Wohnzimmer überquerten. „Nimm Platz. Wie wäre es mit einem kühlen Bier?"

Chase nickte. „Das klingt gut."

„Bier kommt", rief eine tiefe Stimme aus der Küche.

Er entdeckte einen der Brüder in einer nahegelegenen Tür, der einen Arm nach hinten und dann nach vorne schwang. Chase bereitete sich darauf vor, eine geworfene Flasche zu fangen.

„Connor, wage es nicht", ertönte es laut und deutlich aus der Küche.

Der große Mann stieß ein heulendes Lachen aus und ging auf Chase zu. „Meine Tante zu ärgern, macht immer so viel Spaß."

„Du solltest besser aufpassen." Sean schüttelte den Kopf. „Irgendwann zieht sie dir das Fell über die Ohren. Erneut."

Die väterliche Drohung ließ den jüngeren Mann nur noch breiter lächeln. „Tut mir leid, dass ich keine Zeit hatte, in die Stadt zu kommen und richtig Hallo zu sagen. Zurzeit geht es bei mir zu Hause etwas verrückt zu."

Chase hatte letzte Nacht eine Einführung von

Adam und seiner Frau bekommen. Connor wäre der mit der Pferderanch auf dem Grundstück nebenan. „Keine Entschuldigung nötig."

„Tante Eileen hat dich schon ausgebucht."

„Entschuldigung?"

„Vor dem Abendessen machst du eine Ranch-Tour und dann nach dem Dessert soll ich übernehmen und dir meinen Betrieb zeigen."

Ein leises Kichern entkam ihm, bevor er sich stoppen konnte.

„Habe ich etwas verpasst?" Sean warf einen verwirrten Blick von einem Mann zum anderen.

Chase schüttelte den Kopf und lächelte. „Wenn mir jemand vor einem Jahr gesagt hätte, dass ich bei der Aussicht darauf, eine Pferderanch zu besichtigen, ganz aufgeregt werden würde, hätte ich ihn direkt in die Psychiatrie gefahren, um ihn untersuchen zu lassen."

Connor hob ihm seine Bierflasche entgegen. „Warte nur. Der Geruch von Pferden und frischem Heu wird dir ins Blut gehen."

„Nur nicht in Mist treten." Grace ging um das Sofa herum und setzte sich neben ihren Bruder. „Tante Eileen hat mich geschickt, um sicherzustellen, dass ihr seinen Kopf nicht mit unnützem Quatsch füllt."

Connors Augenbrauen hoben sich entrüstet.

„Hey", sie hob eine Hand mit offener Handfläche, „beschwer dich bei der Verantwortlichen. Das sind ihre Worte, nicht meine."

Eine hübsche, hellhaarige Brünette kam herein und setzte sich Chase gegenüber auf einen Stuhl. „Anscheinend darf ich die Küche nicht betreten, bis ich offiziell eine Farraday bin." Wenn er sich richtig erinnerte, war diese Frau mit dem jüngsten Bruder verlobt.

„Dann sind wir schon zu zweit." Eine andere attraktive junge Frau, diesmal mit langen blonden

Haaren, setzte sich auf den anderen Stuhl.

Wenn Chase raten müsste, würde er sagen, dass die Blonde schon länger in diesem Teil des Landes lebte. Ihre Stiefel waren sauber, aber gut eingelaufen, und ihre Kirchenkleidung sah eher aus wie Kleidung für ein nachmittägliches Picknick. Die erste Frau hingegen trug bequeme Halbschuhe und eher legere Kleidung. Grace war eine interessante Mischung aus beiden. Sie trug Stiefel, die jedoch nicht aussahen, als würde sie darin Ställe ausmisten. Anstelle von Rock und Bluse trug sie ein hellbraunes Kleid mit farblichen Akzenten. Definitiv Country-Chic.

„Ich bin auch rausgeschmissen worden." D.J. kam herein und setzte sich neben die hübsche Blondine. Ja. Das Mädchen aus der Heimat, dass das Herz des falschen Bruders erobert hatte. Meg hatte ihm die Geschichte an einem seiner ersten Abende in der Stadt erzählt.

Einer nach dem anderen betraten die Männer den Raum. Chase hörte gespannt zu, als sich das Gespräch von Weiderotation zu Pferden, die Hufeisen verloren hatten, zu Fortschritten bei den neuen Zäunen bis zu Neuigkeiten über die Hochzeit von D.J. und Becky verlagerte, die in weniger als zwei Wochen stattfinden würde.

„Du kommst natürlich auch", sagte Becky strahlend.

„Ich fühle mich geehrt." Nach dem, was er über die Pläne mitbekommen hatte, sollte es eine riesige Feier für D.J. und Becky geben. Es hatte so geklungen, als stünde nicht nur die ganze Stadt auf der Gästeliste, sondern möglicherweise das ganze County.

Die Unterhaltungen nahmen wieder Fahrt auf. Einer von Finns Bullen musste von der Herde getrennt werden. Wenn Chase richtig verstanden hatte, hatte das Tier versucht, eine Kuh über einen Zaun hinweg zu besteigen, und sich dabei tatsächlich den Schwanz gebrochen. Wer hätte das erwartet?

D.J. stand auf und deutete auf Chase' leere Flasche. „Noch ein Bier?"

„Nein, danke. Eines ist zu dieser Tageszeit mehr als genug."

„In diesem Fall bereit für eine Tour?" Connor erhob sich.

„Unbedingt." Aufgeregt über einem Einblick in die Welt der Rancher, war Chase blitzschnell auf den Beinen und folgte Connor hinaus.

„Wir fangen im Haus an, dann führt Finn dich in der Scheune herum. Warst du jemals auf einem Pferd?"

„Einem echten?"

Connor lachte und schüttelte den Kopf, als er durch das Foyer ging. „Ich deute das als ein Nein. Lass mich dir das Arbeitszimmer zeigen und was die ursprünglichen Teile des Hauses waren, dann gebe ich dich weiter. Ich weiß nicht, ob Finn dich heute auf ein Pferd setzen will. Tante Eileen hat uns aufgetragen, dir sehr viel zu zeigen."

Chase folgte Connor nickend und hörte seinem Gastgeber aufmerksam zu, als dieser ihm erklärte, wie sein Ur-Ur-Urgroßvater das ursprünglich kleinere Haus für seine neue Braut gebaut hatte und wie das Haus im Laufe der Generationen vergrößert worden war, bis es nur noch sehr wenig dem alten Heim der Farradays glich.

„Unsere Ranch ist eine der wenigen in dieser Gegend, die noch eine ursprüngliche Struktur hat. Die meisten Ranches in der Nähe wurden neu gebaut und die alten Gehöfte schließlich Mutter Natur überlassen." Connor drehte sich um und blieb in einer Tür direkt neben dem Foyer stehen. „Das ist der Zufluchtsort meines Vaters. Obwohl Finn ihn jetzt genauso oft nutzt, wenn nicht sogar öfter."

Chase betrat den großen Raum, der mit bequemen Ledermöbeln, mit stabilen Büchern gefüllten Holzregalen auf der einen Seite und einem gewaltigen massiven Schreibtisch aus Eichenholz eingerichtet war. Letzterer war der einige Ort in dem Zimmer, an dem moderne Technologie wiederzufinden war. „Bis auf den Computer auf dem Schreibtisch erinnert mich der Rest des Zimmers eher an einen Gentlemen-Club als an ein Büro."

„In vielerlei Hinsicht ist das auch so. Grace und Tante Eileen hatten schon immer freie Hand, aber wir Jungs waren es, die hier drinnen Zeit mit Dad verbrachten. Ob wir über die Ranch und das Vieh oder Ärger mit Frauen sprachen, oder einfach nur nach einer Auszeit von dem Wahnsinn der Welt da draußen suchten."

Ein einfaches Kopfnicken drückte sein Verständnis aus. Nicht, dass Chase genau wusste, was Connor meinte, aber er hatte eine verdammt gute Vorstellung davon, wie grausam die Welt sein konnte. Obwohl er sich ziemlich sicher war, dass der dunkle Vorhang, der sich über Connors Augen gezogen hatte, wenig mit der halsabschneiderischen Geschäftswelt zu tun hatte, sondern mehr mit Dingen, die Chase sich nur schwer vorstellen konnte. Als er sich zum Ausgang wandte, entdeckte er die Vitrinen an der gegenüberliegenden Wand – Regal um Regal voller Trophäen und Gürtelschnallen in der Größe von Radkappen. Ohne danach zu fragen, trat er hinüber und warf einen Blick darauf. Alles hatte etwas mit Pferden oder Rodeo zu tun.

Connor tauchte neben ihm auf. „Das meiste davon scheinen ein ganzes Leben lang her zu sein."

Sein Blick wanderte von einem Regal zum anderen. Die meisten stammten vom Barrel-Racing. „Das ist für mich eine ganz andere Welt. Für mich war Kapitän der Eishockeymannschaft zu sein schon eine große Sache. Aber das hier. Ich bin mir nicht sicher, was angsteinflößender ist, eine Wand von zweihundert Pfund schweren Footballspielern vor sich zu haben, oder einen angepissten Stier."

„Definitiv der Stier", kicherte Connor.

Chase wirbelte herum und betrachtete die entspannte Art, wie Connor mit verschränkten Armen und einem wissenden Grinsen im Gesicht an einem der Schränke lehnte. „Du warst Kapitän der Footballmannschaft?"

„Erst nachdem Brooks seinen Abschluss gemacht hat."

„Hätte ich wissen sollen." Er richtete seinen Blick wieder auf die Trophäen. „Wer war der Barrel-Racer?"

„Das wäre wohl Grace."

„Heilige…" Das hatte er nicht erwartet. Irgendetwas in seinem in der Stadt geborenen und aufgewachsenen Gehirn rechnete bei einer Anwältin nicht damit, Gewinnerin einer Rodeo-Meisterschaft zu sein. Mehr als einer.

„In meiner Schwester steckt mehr, als man auf den ersten Blick erkennen kann." Connor öffnete eine weitere Schranktür und zog eine ähnliche Trophäe heraus. „Sie hat sie sich redlich verdient."

Diese hatte etwas Gewicht und die silberfarbene Silhouette war höchstwahrscheinlich aus echtem Metall. Über dreißig Jahre alt.

„Unsere Mutter. Nur ein einziges Mal hat sie an einem Wettkampf teilgenommen. Sie hat es getan, um Dad zu überraschen." Er stellte die Trophäe wieder an ihren richtigen Platz. „Sie hat ihn aber eher höllisch geschockt. Dad sagte, sie sei ein Naturtalent. Sie hätte leicht Weltmeisterin werden können. Natürlich hat das Pferd auch seinen Teil geleistet." Connor kicherte wieder. „Aber auch das beste Pferd braucht einen

Reiter, der mit ihm fast eins werden kann."

„Das glaube ich gerne." Chase musste kein Meisterschaftsreiter sein, um das zu verstehen. Er hatte sich tatsächlich ein paar Rodeo-Shows im Fernsehen angesehen, als ihn eine Werbung darauf aufmerksam gemacht hatte. Zuzusehen, wie die Reiter Fässer eng umkreisten und dann aus der Arena rasten, war eines seiner Lieblingsevents gewesen. Seine Gedanken versuchten sich die attraktive Frau im anderen Raum auf einem Pferd vorzustellen, das um die Fässer raste. Doch das Bild wollte einfach nicht passen. Andererseits fiel es ihm genauso schwer, sich die Frau mit Stiefeln in einem städtischen Gerichtsgebäude vorzustellen. Connor hatte mit Sicherheit mit einem recht. In Grace Farraday musste mehr stecken, als man auf den ersten Blick erkennen konnte.

„Schätzchen, schau nach, ob die Männer in ein Abflussrohr gefallen sind." Tante Eileen beugte sich nach links und blickte den Flur hinaus. „Ich möchte, dass Chase vor dem Abendessen die Möglichkeit bekommt, sich so lange draußen umzusehen, wie er will."

„Sicher." Nicht, dass sie es laut zugeben würde, aber Grace fragte sich, warum der kurze Rundgang so lange dauerte. Am Ende des Gangs konnte sie die Männerstimmen aus dem Büro ihres Vaters hören. Als kleines Mädchen hatte sie es geliebt, es sich auf dem großen Ledersessel bequem zu machen, um ihre Hausaufgaben zu erledigen, während ihr Vater an den Bilanzen saß. Damals war alles so einfach gewesen. Sie griff nach dem Türstock und wirbelte in den Raum, so wie sie es auch immer getan hätte, als sie erst acht

Jahre alt und begierig darauf gewesen war, einen Abend mit ihrem Vater zu verbringen.

Der Anblick der beiden Männer an den Trophäenschränken ließ sie abrupt stehenbleiben. Es war schon schlimm genug, dass ihr Vater darauf bestand, diese verdammten Trophäen ausgestellt zu lassen. Chase beäugte die Älteste und ein vertrauter Stich zog sich in ihre Brust. Erwachsen und von zuhause ausgezogen, und immer noch vermisste sie ihre Mutter. Von dem Moment an, als sie alt genug gewesen war, um wirklich zu verstehen, dass Tante Eileen nicht ihre Mutter war, schmerzte es sie zu wissen, dass sie trotz der vielen Geschichten und Bilder, niemals etwas Eigenes haben würde, um die Erinnerungen an ihre Mutter am Leben zu erhalten.

Connor stellte den Preis an seinen angestammten Platz zurück und Grace schluckte, während ihre Füße unerwartet schwer wurden. Das gleiche glückliche Grinsen aufsetzend, das sie jedes Mal zeigte, wenn jemand in der Familie die schönen Erinnerungen an ihre Mutter hervorrief, warf sie ihre Schultern zurück und schwebte in den Raum. „Was auch immer mein Bruder gesagt hat, glaub ihm kein Wort."

Ihr hübscher Besucher richtete seine Aufmerksamkeit auf sie. „Gut."

„Das war zu einfach." Grace blieb neben ihrem Bruder stehen. „Hat er dir von dem Bullen erzählt, der ihn nach nur zwei Sekunden in Abilene abgeworfen und die nächsten fünf Minuten damit verbracht hat, ihn durch die Arena zu jagen?"

Chase schüttelte den Kopf.

„Dann erwähnte Connor wohl auch nicht, dass er es für eine großartige Idee hielt, zu versuchen, das Longhorn des Nachbarn zu reiten, nur um sich am Ende von Tante Eileen die Kakteen aus dem Hintern ziehen zu lassen."

Ein weiteres Kopfschütteln.

„Er ist hier, um etwas über Rancharbeit und die Vorräte zu lernen, die wir brauchen", Connor verdrehte die Augen, als er seine kleine Schwester ansah, „nicht wegen eines seltenen Fehltritts, den einer von uns möglicherweise begangen hat."

„Fehltritt, huh?" Sie liebte es, ihre perfekten Brüder zu ärgern. Connor und Brooks waren die besten Ziele. Adam und Finn ließen ihre Bemühungen abperlen wie Wasser am Gefieder einer Ente, aber D.J. und Ethan feuerten zurück, so gut sie konnten.

„Bist du nur für diesen Ausflug in die Vergangenheit vorbeigekommen?"

„Tante Eileen wollte, dass Chase Zeit hat, in die Scheune zu gehen."

„Richtig." Chase trat von den Vitrinen zurück.

„Klopf, klopf." Connors Frau erschien in der Tür. „Tut mir leid, dass ich unterbreche. Stacey hat Bauchschmerzen und ich möchte sie nach Hause bringen, damit sie sich hinlegen kann."

„Wie schlimm sind die Bauchschmerzen?" Sofort durchquerte Connor den Raum zu seiner Frau. Grace liebte es, ihre Brüder als Papas zu sehen. Bei manchen war es schwerer zu verarbeiten als bei anderen, aber insgesamt liebte sie es, sie so glücklich zu sehen. Nicht, dass sie jemals unglücklich gewesen wären, zumindest nicht, dass sie es wüsste. Aber das hier war trotzdem etwas surreal. Sie verstand es nicht ganz, aber wenn alles so laufen würde, wie sie es sich erhoffte, würde sie bald weit weg und ebenfalls genauso glücklich und froh wie der sprichwörtliche Mops im Haferstroh sein.

KAPITEL FÜNF

Als er das Wohnzimmer betrat, war ein Stimmungswandel spürbar. Wo noch vor wenigen Minuten alle freundlich und gut gelaunt gewesen waren, hatte sich die Bewegung in der Küche verlangsamt und die Familie saß schweigend da. Chase musste kein Experte für Familienbeziehungen sein, um zu wissen, dass etwas wesentlich Ernsteres als ein Enkelkind mit einem möglichen Magen-Darm-Virus vor sich ging.

Sofort sprang D.J. von seinem Platz auf und stürmte auf seine Schwester zu. Seine fest zusammengepressten Lippen und der Anflug von Trauer in seinen Augen bestätigten Chase' Vermutung. Etwas Großes war passiert. Er wagte einen Blick zu Grace, die sich langsam an seine Seite drängte. Als sie steif neben ihm stand, spiegelten die Anspannung in ihren Schultern und die Weite ihres Blicks die Besorgnis wider, die sich in Chase aufbaute. Er hatte keinen Grund, von irgendwelchen Nachrichten beeinflusst zu sein, und doch schmerzte sein Herz bereits für Grace.

„Schwesterchen." D.J.s Stimme klang leise und angespannt.

Grace' Hand schoss nach rechts und griff nach der von Chase'. Instinktiv schlossen sich seine Finger um sie und er drückte sie fest. Er hatte keine Ahnung, was gleich passieren würde, aber in diesem Moment fühlte er sich für sie ebenso verantwortlich für sie wie ihre

Brüder. Ihre Hand hielt seine so fest, dass er auf die Bibel schwören würde, er könnte ihren Pulsschlag spüren.

„Was ist passiert?" Ihr Blick wanderte durch den Raum. „Geht es um Ethan?" Ihre Augen flogen noch weiter auf und Angst und Besorgnis wurden durch Schrecken ersetzt. „Doch nicht Brittany?"

„Nein." D.J. streckte die Hand aus und legte sie ihr sanft auf die Schulter. „Es geht um Dale."

Grace schluckte schwer und Chase fragte sich, ob sie ebenfalls verlobt war, eine winzige Kleinigkeit, auf die ihn keiner der Einheimischen hingewiesen hatte.

„Es gab einen Unfall –"

„Er hat letzten Monat das Abendessen abgesagt. Sagte, es sei eine schwierige Woche gewesen." Grace hielt trotz der Nähe ihres Bruders immer noch Chase' Hand fest.

D.J. nickte. „Er war vor ein paar Monaten der Ersthelfer bei einem Hausfriedensbruch. Die Familie war tot, bevor er überhaupt ankam. Er hätte nichts tun können. Ich habe versucht, ihn zu überreden, etwas Urlaub zu nehmen. Auf die Ranch zu kommen."

„Ich verstehe nicht. Was hat das mit dem Unfall zu tun?"

D.J. fuhr mit der Hand über seinen Nacken und stieß einen tiefen Seufzer aus. „Manchmal ist es schwer zu vergessen. Die Gedanken kommen einfach, ob man will oder nicht."

„Was ist passiert?" Ihre Stimme wurde stärker, fast wütend.

„Ein Autounfall ohne Fremdbeteiligung. Er ist zu schnell gefahren. Sein Blutalkoholspiegel war –"

„Ist er –?"

„Intensivstation. Stabil. Die nächsten achtundvierzig Stunden werden es zeigen." D.J. schüttelte den Kopf. „Seine Mutter hat mich angerufen. Seine Familie ist bei ihm."

Tränen stiegen ihr in die Augen. „Gut. Gut. Er sollte nicht allein sein." Ein Teil der Farbe kehrte auf ihre Wangen zurück.

Für Chase löste sich der Griff um seine Hand in einer Art Zeitlupe, die sich merkwürdig anfühlte. Blinzelnd hob Grace ihr Kinn, murmelte „*verdammter Krieg*" und ging aus dem Zimmer. Vor der Küche hielt sie inne, um ihre Tante auf die Wange zu küssen, bevor sie weiterging. Ein überwältigendes Verlangen, ihr zu folgen und ihren Schmerz irgendwie wegzuspülen, pulsierte kraftvoll durch seine Adern, doch das hier ging ihn nichts an.

„Einer von uns sollte ihr nachgehen", sagte Adam und sein Blick wanderte zu den anderen im Raum.

Finn, der jüngste der Brüder schüttelte den Kopf. „Sie geht zu Princess. Gib ihr ein paar Minuten."

Brooks und sein Vater nickten und Adam wandte sich an D.J.. „Was ist mit dir? Bist du in Ordnung?"

„Es wird wieder." D.J.s Verlobte schlich sich neben ihn und legte ihre Hand um seine Taille. „Ich wusste, dass er es schwer hatte. Der Ton in seiner Stimme. Nichts Bestimmtes, was er gesagt hat, eher das, was er nicht gesagt hat."

„Vielleicht solltest du zu ihm fahren?" Besorgnis leuchtete in Beckys Blick auf.

D.J. schüttelte den Kopf. „Ich wäre nur im Weg. Seine Familie ist das, was er braucht."

„Bist du dir sicher?" Becky lehnte sich an ihn.

„Ja." D.J. nickte. „Ja bin ich."

„Ich sollte …" Chase blickte in die ernsten Gesichter und erinnerte sich an die Tränen in Grace' Augen.

„Nein." Sean Farraday stand auf. „In Glück und in Trauer sollen Familie *und* Freunde zusammen sein."

Ohne Zweifel gehörte Chase nicht zur Familie, aber im Gegensatz zu den Lippenbekenntnissen der

Großstädter wusste er, dass diese Leute ihn wirklich als Freund betrachteten. Und durch diese einfachen Worte fühlte er sich nicht mehr wie ein Eindringling.

Der Familienpatriarch wandte sich dem jüngsten Sohn zu und nickte.

Finn erwiderte sein Nicken und blickte Chase an. „Jetzt wäre ein guter Zeitpunkt, um die Scheune zu besichtigen. Wenn du bereit bist?"

„Wenn du es bist." Vor einer Stunde war er begierig darauf gewesen, alles zu sehen, etwas über Sattelzeug und Futter zu erfahren und wie der Betrieb geführt wurde. Jetzt wollte er nur sichergehen, dass es einer Frau, die er kaum kannte, gut ging.

„Die Guten sollten nicht verlieren." Grace zog ein weiteres Karottenleckerli für ihr Lieblingspferd aus ihrer Tasche, bevor sie mit ihrer Hand über die Nase von Princess fuhr. Es machte keinen Sinn, dass Pferde Menschen besser verstanden als Menschen. Doch die Guten taten das, und Grace konnte sich ein Leben ohne so großartige Pferde wie Princess nicht vorstellen. Als sie aufwuchs, besonders in ihren Teenagerjahren, hatte sie viele Nächte im Stall verbracht und mit einem Pferd gesprochen, dessen einzige Reaktion ein Anstupsen mit der Nase und ein Blinzeln aus verständnisvollen Augen war. Verletzte Gefühle und gebrochene Herzen heilten immer leichter nach einem Gespräch unter Mädchen mit Princess. Obwohl sie viel mehr als einen Besuch im Stall brauchen würde, um den Schmerz loszuwerden, der ihre Brust zusammendrückte.

Seit Dales Trennung von Grace' Mitbewohnerin Denise hatte sie ihn nicht mehr so oft gesehen, aber sie vermisste die nächtlichen Gespräche über das Leben, das Jurastudium und die allgemeine Unreife der männlichen College-Studenten. Sie wollte nicht daran denken, dass er es vielleicht nicht schaffen würde. Bei dieser Ungerechtigkeit würde sie am liebsten den Hafereimer durch die Scheune treten. Die höheren Mächte anschreien, die einen guten Mann aus einem verdammten Krieg zurückgebracht hatten und dann erwarten, dass er weitermachte, als wäre er von einem Ausritt in die Frühlingslandschaft nach Hause gekommen.

Ohren spitzten sich und dann neigte sich eines nach links, wodurch Grace auf die Ankunft anderer Personen aufmerksam wurde. Princess konnte eine Maus in den Hundezwingern noch vor den Hunden hören. Sie war noch nicht bereit, mit ihrer Familie zu sprechen. Wenn überhaupt, würden sie nur denken, dass sie überreagierte. D.J. war derjenige, um den sie sich Sorgen machen sollten. Er und Dale hatten sich bei den Marines kennengelernt und waren dann bei der Polizei von Dallas Freunde geworden. Sie sollte aufhören, sich in Selbstmitleid zu suhlen, und nach ihm sehen. „Du bist ein braves Mädchen. Ich komme bald wieder. Versprochen."

Das Pferd bewegte seinen Kopf auf und ab und wackelte mit den Lippen. Eine Rüge, von der Grace wusste, dass sie bedeutete: *Wehe, wenn nicht.* Dann kramte sie in ihrer Tasche nach einem letzten Leckerbissen.

„Okay." Grace lehnte sich an den Hals von Princess und umarmte sie noch einmal schnell, bevor sie sich wegdrückte, das Tor öffnete und in den schwach beleuchteten Mittelgang trat.

„Da bist du ja." Finn und Chase kamen durch die offene Tür zur Sattelkammer. „Wir haben gerade die Auswahl an Hundefutter besprochen. Wenn er etwas Höherwertiges auf Lager hätte als der alte Thomas, würden vielleicht mehr von uns ihre Lager aufstocken, anstatt für die Hunde zu kochen."

Grace nickte. „Ein guter Hund ist besser als ein guter Rancharbeiter. Und einen guten Rancharbeiter würde man auch nicht mit Brot und Wasser füttern."

„Stimmt." Chase warf einen Blick zur Rückseite der Sattelkammer. Ob er die Kosten für neues Hundefutter berechnete oder eine Bestandsaufnahme von Artikeln machte, die er erkannte und verkaufte, konnte Grace nicht sagen. Doch sie war sich sicher, dass der Kopf des Mannes ratterte und Informationen abheftete. Ein kluger Kopf. Obwohl sie sich fragen musste, was einen klugen Mann dazu brachte, in Tuckers Bluff ein Geschäft zu übernehmen. Ein Geschäft, von dem er offensichtlich so gut wie nichts wusste.

Das Piepsen einer Textnachricht erfüllte den kleinen Raum. Finn zog sein Telefon aus seiner Hosentasche, presste seine Lippen fest aufeinander, fuhr mit seinem Finger über den Bildschirm und blickte dann auf. „Dad ruft alle zusammen. Er will Connor beim Abendessen dabeihaben, aber er geht nicht ans Telefon."

„Glaubst du, wegen Stacy?" Grace wollte nicht das Schlimmste befürchten, aber das Leben hatte bewiesen, dass Statistiken nicht immer zu Gunsten der Farradays ausfielen.

„Ich glaube, er hat sein Handy irgendwo abgelegt und liest entweder seiner Tochter Geschichten vor oder macht Liebe mit seiner Frau."

„Das muss ich mir nicht anhören." Grace verdrehte die Augen. Es war ihr egal, dass sie verheiratet waren, sie wollte nicht darüber nachdenken, was ihre Brüder mit ihrer Freizeit machten. Das Einzige, was sie fast zum Lachen brachte, war die Art und Weise, wie Chase blinzelte, bevor er zu Grace und dann zurück blickte, und dabei ein Lächeln unterdrückte. Der Stadtjunge hatte also einen kleinen Südstaaten-Gentleman in sich.

„Ich laufe besser rüber und schaue nach, was los ist." Finn wandte sich an Chase. „Willst du mitkommen oder vor dem Haus warten? Oder", er wirbelte zu Grace herum, „willst du ihm den Rest der Gegend zeigen?

„Ich will und ich kann." Eine Ablenkung würde ihr jetzt guttun.

Finn blickte zu Chase. „In Ordnung für dich?"

„Ich bin flexibel."

Grace rückte näher an ihren Bruder und das neueste Mitglied der Gemeinschaft heran. „Lass mich wissen, wenn wir drinnen gebraucht werden oder wenn Catherine Hilfe bei Stacey braucht."

„Wird gemacht." Finn drehte sich um und trabte aus der Scheune.

„Will er zu Fuß zu ihm gehen?"

Kopfschüttelnd wandte Grace ihren Blick von Finn und ihre Gedanken von Connor und D.J. ab. „Es ist nicht weit, aber nicht, wenn man es eilig hat.

„Verstanden." Chase blickte zu den Wänden der Sattelkammer und zurück. „Das mit deinem Freund tut mir leid."

Sie nahm einen tiefen Atemzug. „Mir auch. Er ist einer der Guten."

„Ihr zwei standet euch nahe?" Chase schob seine Hände in seine Taschen. „Tut mir leid, das geht mich nichts an."

„Das ist okay." Sie lehnte sich an die Wand. „Wir waren Freunde."

Er nickte, aber sie konnte in seinen Augen sehen, was er dachte.

„Nur Freunde", erklärte sie. „Als D.J. nach Tuckers Bluff zurückkkam, bat er Dale, in Dallas auf mich aufzupassen. Als ob es nicht reichte, sechs Brüder zu haben. Plötzlich hatte ich sieben." Sie kicherte leise.

„Ich habe ihn zuerst nur alle paar Monate einmal gesehen und dann hat er meine Mitbewohnerin Denise kennengelernt.“

„Sie haben sich verstanden?“ Chase lächelte. Ihr gefiel, wie es seine Augen zum Funkeln brachte.

„Wie Feuer und Zunder. Ich habe ihn ein Jahr lang ziemlich oft gesehen. Nach der Trennung stand er immer noch zu seinem Wort. Wir aßen fast jeden Monat einmal zu Abend oder tranken etwas, aber da war das keine wirklich Pflicht mehr.“ Sie zuckte mit den Schultern und blinzelte die Tränen zurück. „Sag es niemandem, dass ich das gesagt habe, aber es war irgendwie schön, einen siebten Bruder zu haben.“

„Vielleicht kannst du es ihm selbst sagen.“ Chase streckte seine Hand aus und wischte die einzelne Träne weg, die ihr über die Wange lief, bevor er schnell zurücktrat und seine Hände wieder in seine Tasche gleiten ließ. „Das heißt, sobald es ihm besser geht.“

„Richtig.“ Sie stieß sich von der Wand ab und murmelte: „Besser.“

„Hey.“ Es sah aus, als wollte er sie wieder berühren, doch ließ seine Hand wieder an seine Seite sinken, fast so, als hätte er es sich anders überlegt. „Gib ihn nicht auf.“

Sie hob ihr Kinn. „Tue ich nicht.“ Selbst wenn die Chancen nicht zu seinen Gunsten zu stehen schienen, musste sie daran glauben, dass Dale das überstehen und das, was in seinem Kopf vor sich ging, hinter sich lassen würde. Sie bemühte sich um ein beruhigendes Lächeln und mit einem kurzen Nicken, um ihre Entscheidung zu untermauern, deutete sie auf die gegenüberliegende Wand und kehrte zu ihrem Job zurück. „Wie du sehen kannst, ist dies die Sattelkammer.“

Als Anerkennung für ihre Bemühungen lächelte Chase und ließ seinen Blick durch den Raum schweifen. „Ich freue mich sagen zu können, dass ich denke, ich weiß, was das meiste von diesem Zeug ist." Er machte ein paar Schritte und hob ein kleines Paar Arbeitshandschuhe auf. „Die habe ich nicht auf Lager."

Grace schüttelte den Kopf. „Stimmt. Sie sind für Stacey. Sie verbringt nicht mehr viel Zeit hier. Thomas hatte nie so kleine Handschuhe auf Lager."

Die Lippen fest zusammengepresst, wippte sein Kopf auf und ab. „Und ihr seid nicht die einzigen Rancher, die ihre kleinen Kinder mithelfen lassen, oder?"

„Familienunternehmen. Wir lernen alle von Kindesbeinen an."

„Du auch?"

„Ich auch. Rancharbeit ist nicht sexistisch."

„Nein." Lächelnd legte er die Handschuhe weg. „Ich lerne viel."

Sie führte ihn den Gang hinunter und erwiderte sein Grinsen. „Und jetzt weißt du, was ein Rancher vorrätig hat und wie viel." Sie ging zu einer anderen Tür und stieß sie auf. „Wir haben einen zusätzlichen Stauraum für Dinge, die wir schneller verbrauchen. Nicht jeder hat genug Platz für so etwas."

Chase nickte. Sie konnte sehen, wie sein Verstand wieder mit dem Kopfrechnen anfing. Dieser Kerl wäre so leicht vor Gericht auseinanderzunehmen.

Plötzlich runzelte er die Stirn und zeigte auf die Rückseite des Lagerraums. Er hatte ihre alten farbigen Showgeschirre entdeckt. „Hat Thomas die gesondert bestellt?"

„Nein. Die habe ich online bestellt."

„Es sind deine?" Ein Grinsen ersetzte die tiefe Konzentration von vorhin.

„Sind sie."

„Aber du benutzt sie nicht mehr?"

„Ich habe keine Zeit."

Sein Gesichtsausdruck wurde erneut gedankenverloren.

„Vier Jahre auf dem College. Drei Jahre in Dallas für das Jurastudium", antwortete sie auf die ungestellte Frage.

„Was ist mit den Sommern?"

Sie schüttelte den Kopf. „In den Ferien habe ich im Konferenzzentrum des Präsidenten gearbeitet."

Seine Brauen hoben sich, als sich seine Augen vor Überraschung weiteten. „Politische Ambitionen?"

„Nicht wirklich, aber es macht sich gut in einem Lebenslauf, egal ob ich mit Jura weitermachen wollte oder nicht."

„Aber du hast weitergemacht."

„Ich wusste immer, dass ich Jura studieren würde. Aber ob ich es praktizieren würde", sie legte den Kopf schief, „nicht so sehr."

Seine Brauen formten wieder ein V. „Warum solltest du Jura studieren, wenn du es nicht praktizieren willst?"

„Vielleicht bist du nicht so schlau, wie du aussiehst." Das großspurige Grinsen, das sich auf seinem Gesicht ausbreitete, ließ sie wünschen, sie hätte ihm kein Kompliment gemacht, nicht einmal ein hinterhältiges. „Ich bin in einer kleinen Stadt aufgewachsen, in der eine große Reise bedeutete, nach Houston oder Dallas zu gehen, und Erfolg immer mit dem Geruch von geschnittenem Heu oder Mist einherging. Als einer der Bradys sich entschied ein Weingut zu gründen, hat sich die Stadt verhalten als hätte er Hochverrat begangen."

„Ich schätze, im Ranch-Land ist ein Weinberg ein bisschen weit hergeholt."

„Und ist es nicht das, worum es im Leben geht? Unsere Grenzen zu durchbrechen?"

Chase' Kopf kippte von einer Seite zur anderen.

„Vielleicht. Aber vielleicht sind diese Grenzen nur in unseren Köpfen?"

„Du klingst wie mein Vater." Grace ging voran zu den größeren Ställen für gebärende und kranke Tiere. „Dieser Stall ist für unsere trächtigen Pferde oder Tiere, die besondere Pflege brauchen. Und hier", sie deutete auf die Viehställe, „halten wir unsere trächtigen Rinder."

„Ich dachte, Ranchvieh würde einfach auf den Feldern geboren."

„Weiden." Grace zuckte mit den Schultern. „Wir trennen die werdenden Kühe von den anderen. Nachts bringen wir die in den Stall, von denen wir glauben, dass sie kurz vor der Geburt stehen. Vor allem Erstkalbende, da wir bei denen manchmal das Kalb herausziehen müssen."

„Oh." Man musste Chase hoch anrechnen, dass er sein Zusammenzucken gut verbarg.

Grace drehte sich wieder nach vorne um und blieb am Stall von Princess stehen, um ihr die Nase zu kraulen. „Ich habe keine Leckerlis mehr. Du hast sie schon alle gegessen."

Das Pferd drückte sich in ihre Hand und Chase trat vor. „Darf ich?"

„Sicher. Princess ist ganz lieb."

Langsam kam Chase von der Seite auf Princess zu, sodass sie ihn sehen konnte, und streichelte über ihr Kinn. „Du bist wirklich süß. Und groß."

„Sie ist mittelgroß für ein Quarter-Horse. Wenn du ein großes sehen willst, solltest du die Zugpferde sehen. Diese Viecher könnten einen Budweiser-Truck ziehen."

„Nein danke. Das ist viel zu groß für mich." Seine Aufmerksamkeit verlagerte sich von Princess zu Grace. „Ich nehme an, sie ist dein Pferd?"

Grace nickte.

„Das, für das das bunte Geschirr war?"

„Das ist lange her." Manchmal hatte sie das Gefühl, Reiten und Pferderennen wären Erinnerung an das Leben einer anderen Person.

„Ja", stimmte er zu. „Ich verstehe, dass du beschäftigt warst. Keine Zeit. Aber reitest du sie immer noch?"

Sie stieß sich vom Tor weg und rieb Princess noch einmal den Hals. „Nicht wirklich. Wir sollten uns besser auf den Weg machen. Es gibt noch viel zu sehen."

Chase tätschelte das Pferd so, wie sie es getan hatte, und folgte ihr dann. „Es ist offensichtlich, dass du dein Pferd liebst. Warum reitest du es nicht mehr?"

„Es ist nicht so, dass ich nicht immer mal wieder auf sie gestiegen bin, um zu helfen, wenn ich zu Hause bin. Aber es ist eine Weile her. Wie ich schon sagte, mein Leben spielt sich nicht mehr nur in dieser kleinen Welt ab."

„Richtig. Grenzen durchbrechen."

„Exakt."

Chase trat vor, um das Scheunentor aufzuschieben, und zuckte mit den Schultern. „Das Gras ist immer grüner."

„Das ist anders."

Chase zuckte mit den Schultern. „Wenn du es sagst."

Hatte sie das nicht gerade? Bald würde sie D.J.s Hochzeit hinter sich haben und würde ihre ganze Zeit darauf fokussieren können, für ihre Zulassung zu lernen. Mit einem glänzenden neuen *Dr.jur.* vor ihrem Namen und einer bestandenen Anwaltsprüfung würde die Welt ihr gehören. Eine Welt ohne Zäune, Rinder oder den wortwörtlichen Mist.

KAPITEL SECHS

Unter anderen Umständen hätte die Ironie seines und Grace' Lebens Chase zum Lachen gebracht. Alles, wovor sie davonlief, war genau das, wovon er träumte, seit sein Dad und er das erste Mal Seite an Seite und mit einer großen Schüssel Popcorn bewaffnet auf dem Sofa gesessen waren, um einen Marathon der *Andy Griffith Show* anzusehen.

Nur dass in seinem Fall das Gras wirklich grüner war. Oder zumindest gelb. Mit Ausnahme des Central Parks, den zu besuchen er fast nie Zeit gehabt hatte, machte Beton den größten Teil der Landschaft Manhattans aus.

„Wohin jetzt?", fragte er.

„Ich bringe dich besser zum Haus zurück und frage Dad, ober will, dass ich dir beibringe, wie man ein Pferd sattelt, oder ob ich dir etwas anderes zeigen soll. Obwohl satteln, reiten und striegeln wirklich sinnvoll für dich wären. So würdest du gleich mit allen Facetten vertraut werden."

„Vielleicht habe ich später die Woche Zeit."

„Oh?" Sie neigte ihren Kopf zur Seite und blickte ihn mit einem zugekniffenen Auge an. Ihr Tonfall drückte amüsiertes Interesse aus.

Er verkniff sich sein Lächeln. „Heute Morgen kurz vor der Kirche hatte ich ein paar Minuten Zeit, um mit Andy, dem Bestattungsunternehmer, zu sprechen."

„Wirklich?" Die Freude in ihrer Stimme breitete

sich zu einem breiten Lächeln aus.

„Du hattest recht. Er hat Interesse an einem Teilzeitjob." Er sollte das nicht, aber er mochte es, wie ihre Augen zufrieden aufleuchteten. „Wir hatten eine nette Unterhaltung, bevor wir unterbrochen wurden. Ich denke, er wird eine große Unterstützung sein und mir dabei helfen, mich in diesem Neuland zurechtzufinden."

„Dich davon abhalten, alles nach Farbe zu sortieren?" Sie versuchte nicht einmal, das leise Kichern zu unterdrücken, das mit ihrem strahlenden Grinsen einherging.

Gott, er mochte die Art, wie ihre Augen funkelten, wenn sie ihn neckte. „Sowas in der Art."

„Hört sich nach einer guten Idee an." Ihre Schritte wurden langsamer, als sie sich der hinteren Veranda näherte und die Stimmen von drinnen lauter wurden.

Chase stellte fest, dass er ein wenig näher an ihr stand, als er es normalerweise tun würde, da er hoffte, dass sie wie zuvor wieder nach seiner Hand greifen würde, auch wenn er vermutete, dass sie damals nicht bemerkt hatte, dass sie sich an ihm festhielt. Als sie aus dem Büro ihres Vaters gekommen war, hatte Chase die Besorgnis in ihren Augen und den Schmerz, den die Wucht der Worte ihres Bruders verursacht hatten, überraschend hart getroffen. Da Grace' Verhalten später in der Scheune keine Anzeichen vermuten ließ, dass sie wieder nach seiner Hand greifen würde, auch wenn niemand außer den Pferden sie sehen konnte, vermutete er, dass ihre Taten von dem Schock des Augenblicks getrieben worden waren. Verdammt, er war genauso dankbar, dass jemand in jenem Moment Körperkontakt gesucht hatte, und dabei kannte er diese Familie kaum und das Unfallopfer überhaupt nicht.

Jetzt, als er die Intensität ihres Blicks sah, war er versucht, ihr seine Hand anzubieten, um sie zu stützen.

Nicht, dass das notwendig wäre. Nicht jetzt und schon gar nicht in ein paar Wochen, wenn sie wieder zu ihren Großstadtplänen zurückkehren würde. Außerdem gab es noch einen weiteren Grund, warum er nicht über Grace Farraday nachdenken sollte. Er hatte eine große Aufgabe vor sich. Eine Art von Eignungstest, bei dem er sich keine Ablenkung leisten konnte. Andererseits, wenn er sich all die Jahre an die Regeln gehalten hätte, wäre die hintere Veranda einer gewaltigen Ranch der letzte Ort, an dem er sich jetzt aufhalten und Tagträume davon haben würde, mit einem hübschen Mädchen Händchen zu halten.

„Sie scheinen sich wieder angeregter zu unterhalten", fügte Grace hinzu, während sie sich auf Gesprächsfetzen konzentrierte, die aus dem Haus zu ihnen drangen.

Dem konnte er nicht widersprechen. Grace Farraday war eindeutig eine Frau mit vielen Talenten. Zu schade für ihn, dass diese Talente nicht vorhatten, Tuckers Bluff zu ihrem Heim zu machen.

Die Küchentür öffnete sich und die unerwarteten Geräusche von klapperndem Geschirr, herumwuselnden Menschen und gelegentlichem Kichern drangen ins Freie.

Grace' Gesicht verzog sich vor Verwirrung und ihr Blick wanderte quer durch den Raum. So schnell, als hätte jemand Feuerwerkskörper in ihren Schuhen angezündet, stürmte sie hinein. „Hannah!" Die beiden Frauen kollidierten in einer Umarmung, die einer kitschigen Grußkartenwerbung würdig wäre.

„Was machst du hier?" Grace löste sich von der jungen Frau.

„Jamie erwähnte, dass er ein paar Tage frei hätte und vorbeischauen wollte, da er ja die letzte Hochzeit verpasst hatte." Hannah ging einen weiteren Schritt zurück. „Ich hatte ein paar Last-Minute-Absagen, also habe ich beschlossen, mitzukommen.“

„Nun, egal aus welchem Grund, ich bin so froh, dass du hier bist.“ Grace drehte sich zu ihm um. „Ich möchte dir den neuen Besitzer des Futtermittelladens vorstellen. Chase Prescott, das ist meine Cousine Hannah Farraday.“

„Freut mich, dich kennenzulernen.“ Chase schüttelte Hannahs angebotene Hand. „Ich nehme an, du wohnst nicht in der Nähe.“

„Eigentlich“, begann Grace, doch dann kicherten beide wie kleine Mädchen, etwas, das er von Grace nicht erwartet hätte, „wohnen wir nur ungefähr dreißig Minuten voneinander entfernt, aber anscheinend müssen wir durch halb Texas reisen, um uns zu sehen.“

„Dreißig Minuten?“, wiederholte er.

„Ich habe eine Wohnung nicht weit von der juristischen Fakultät entfernt“, sagte Grace.

„Und ich“, mischte sich die andere Frau ein, „wohne in einem Garagenappartement in einem Vorort am südlichen Ende von Dallas. Je nach Verkehr und Tageszeit könnte ich in etwa zwanzig Minuten oder zwei Stunden in Nord-Dallas sein.“

„Zwei Stunden?“ Chase kam zu dem Schluss, dass sie scherzen musste – nicht einmal in seiner alten Gegend war es so extrem gewesen.

„Nun, das ist übertrieben“, mischte sich Grace ein. „selbst in der Rush-Hour kannst du meine Wohnung problemlos in … ähm … einer Stunde … oder anderthalb Stunden erreichen.“

Hannah legte die linke Hand in ihre Hüfte. „Und wenn es einen Unfall gibt?“

„Dann würde ich dich am folgenden Tag besuchen.“ Herzlich lachend legte Grace einen Arm um ihre Cousine. „Aber wenn du an einem Mittwoch um zwei Uhr morgens kommst, wette ich, dass du es in zwanzig Minuten schaffst.“

„Abgemacht.“ Hannah lehnte sich an ihre Cousine.

„Am ersten Mittwoch, an dem du zu Hause bist, kannst du mich um zwei Uhr morgens besuchen kommen."

„Einverstanden." Grace zog ihre Cousine in eine weitere Umarmung und hielt sie etwas länger als beim ersten Mal fest, bevor sie zurückwich und sich umsah. „Also, wo ist dein verrückter Bruder?"

Hannah zeigte mit einem Daumen über ihre Schulter. „Er, dein Dad, Adam, Brooks und D.J. stehen mit einer Flasche Johnny Walker auf der Veranda."

„Blue-Label?" Grace blickte über die Schulter ihrer Cousine zur Vorderseite des Hauses.

„Ja. Blue-Label", fügte Hannah hinzu.

Chase hatte keine Ahnung, ob Blue-Label-Whisky in diesem Teil des Landes die Norm war, aber selbst in den Kreisen, in denen er verkehrte, war er bei den paar hundert Dollar pro Flasche kein Whiskey für einen Plausch auf der Veranda an einem Sonntagnachmittag.

„Komm schon." Grace schob ihre Hand unter seinem Arm und zog an ihm, zögerte und starrte dann hinab auf ihre eingehakten Ellbogen.

So wie ihre Wangen plötzlich rot wurden, hatte er das deutliche Gefühl, dass sie ein *Déjà-vu* des Moments vor ungefähr einer Stunde des erlebte. „Bist du in Ordnung?"

Als sie ihre Fassung wiedererlangte, blinzelte sie und starrte ihn an. „Ja. Danke."

„Jederzeit." Wunderschöne blaue Augen schienen seine Seele zu studieren.

Mit einem kurzen Nicken unterbrach sie die Verbindung und blickte zur Tür. „Lass uns dich zum Rest deiner Gattung bringen. Ich bin sicher, dass dort ein zusätzliches Glas auf deine Ankunft wartet." Über die Schulter blickte sie zu Hannah. „Warte hier. Ich bin gleich zurück." Mit einem frischen Lächeln auf ihrem Gesicht richtete sie ihre Aufmerksamkeit wieder auf ihn. „Bereit?"

„Ich war nie bereiter." Er war vielleicht wirklich

bereit für ein Glas Whisky, aber etwas tief in seinem Bauch sagte ihm, dass er vielleicht nie für das alles bereit sein würde, was Grace Farraday zu bieten hatte. Nicht, dass sie es angeboten hätte, aber dennoch war es schwer, die Möglichkeiten zu ignorieren.

„Okay. Was war das gerade?" Hannah stand auf halbem Weg zwischen Grace und der Küche.

Becky trug drei Gläser Limonade vor sich her und stellte sich neben Hannah. „Da die Männer an so einem schönen Tag die vordere Veranda haben, ziehen wir Frauen nach hinten. Und was war *was* gerade?"

„Nichts." Grace konnte nicht antworten, weil sie keine Ahnung hatte, wie die Antwort lauten sollte. Als sie vor ein paar Minuten ihren Arm in den von Chase einhakte, war das eher scherzhaft gemeint, doch das Gefühl seines Arms an ihrem erinnerte sie zurück an früher am heutigen Tag. Sie hatte ein paar Sekunden gebraucht, um herauszufinden, ob sie sich tatsächlich daran erinnerte, was passiert war, oder ob sie nur einen dieser seltsamen Psychogeplapper-Momente durchmachte. Aber das einzig Seltsame war, dass sie in einem Moment der Verzweiflung den Beistand eines völlig Fremden gesucht hatte. Eines Fremden, der ihr ohne Kommentar oder Nachfrage die dringend benötigte Kraft gegeben hatte. Nichts davon ergab für sie Sinn. Sie war nicht die Art Frau, die Hilfe brauchte, geschweige denn, die sich an jemanden wendete, den sie kaum kannte, und dann nicht einmal merkte, beziehungsweise sich daran erinnerte, dass sie es getan hatte. Vielleicht war der Druck der verdammten Anwaltsprüfung stressiger, als sie zugeben wollte. „Gar nichts."

„Nun", Becky sah von Grace zu Hannah, „wenn du mich fragst –"

„Tue ich nicht."

„Seit wann hält mich das auf?" Becky grinste ihre langjährige Freundin nur an. „Alles, was ein doppeltes *Nichts* verdient, ist definitiv etwas. Also, was ist passiert?"

Hannah blickte sich um und wieder zurück. „Grace und der Neue starrten sich an, als könnten sie sich gegenseitig mit einem Löffel auffressen."

„Oh das." Becky zuckte mit den Schultern.

„Was meinst du damit?", sagten Grace und Hannah im Einklang.

„Vorher, als D.J. ihr von Dale erzählen musste, klammerte sie sich an Chase, als wären sie das perfekte Paar."

„Wirklich?" Hannah sah ihre Cousine von der Seite an.

„D.J. zeigt nie, was in ihm vorgeht", erklärte Grace. „Er musste zu vielen Menschen traurige Nachrichten überbringen. Als ich den Schmerz in seinen Augen sah, wusste ich, dass es etwas Schlimmes war, aber als er sagte, es sei Dale …" Tränen stiegen erneut in Grace' Augen und sie musste sie mehr als einmal wegblinzeln. „Ich hasse traurige Nachrichten."

„Ich wusste, dass irgendetwas D.J. seit Kurzem naheging", Becky sah zu ihrem Verlobten auf der Veranda, „aber ich konnte ihn nicht dazu bringen, mir zu sagen, was. Wir arbeiten immer noch daran, dass er sich nicht so verschließt. Adam sagt, dass dieses Schweigen für die Jungs, die vom Militär zurückkommen, nicht gut ist."

Hannahs Nicken spiegelte das von Grace wider. Sie hatten es alle gesehen. Jedes Mal, wenn D.J. oder Connor aus dem Nahen Osten nach Hause kamen, waren sie ein bisschen anders gewesen. Es dauerte immer etwas länger, bis sie sich wieder eingewöhnten. Sie war begeistert, als beide ihren Dienst beendeten, Connor früher als D.J.. Wenn der Scheiß, den Ethan gesehen hatte, ihn ebenso beeinflusste, verbarg er es besser als seine Brüder. Aber Grace würde nicht lügen, sie war verdammt froh, dass sie jetzt alle außer Gefahr waren. Und sobald Ethan in Kalifornien fertig war, würden alle Brüder sicher zu Hause sein.

„Du bist schrecklich still geworden." Hannah legte ihre Finger auf Grace' Arm. „Vielleicht sollten wir den Spirituosenschrank plündern und die Limonade aufpeppen."

„Gesprochen wie die Schwester eines echten Barkeepers. Jamie wäre stolz auf dich."

„Mixologe", korrigierte Hannah. „Wir gehen besser zu den Ladys da draußen, und dann kannst du uns alles über den heißen neuen Besitzer des Futtermittelladens erzählen."

„Du denkst, er ist heiß?" Grace hatte nicht erwartet, dass sie das stören würde.

„Tust du das nicht?" Hannahs Augen öffneten sich weit. „Bist du blind, Frau? Groß, dunkel und verträumt, er erfüllt alle wichtigen Kriterien."

Grace wehrte sich dagegen, sich umzudrehen, um selbst noch einmal nachzusehen. Natürlich war ihr aufgefallen, dass er all das oben Genannte aufwies. „Und mit Wahnstörungen. Vergiss das nicht."

„Hä?" Becky blieb abrupt stehen. „Woher kam das jetzt?"

„Ach, gib mir eine Pause." Grace ging an ihrer lieben Freundin und zukünftigen Schwägerin vorbei. „Der Stadtjunge kauft mitten im Nirgendwo einen Futtermittelladen und kennt nicht einmal den Unterschied zwischen einem Kopf- und einem Fersenseil? In meinen Augen sind das Wahnvorstellungen mit einem großen W."

„Es ist mir egal, ob er Wahnvorstellungen hat." Hannah zwinkerte ihr zu. „Von solchen Kerlen findet man nicht so viele, vor allem keine Singles."

„Wahrscheinlich gibt es in New York noch mehr wie ihn." Grace bewegte sich weiter nach hinten. Es ging nicht darum, dass sie dieses Gespräch mit dem Rest des weiblichen Clans fortzusetzen wollte, sondern darum, dass sie nicht weiter darüber nachdenken wollte, wie heiß Chase Prescott war oder nicht. Andererseits war es vielleicht gar keine so schlechte Idee, sich eine New Yorker Schnittchen zu suchen, das immer noch in New York City wohnte. Der Gedanke brachte sie zum Lächeln. Sobald sie die Anwaltsprüfung hinter sich hatte, wäre ein langes Wochenende in New York genau die richtige Belohnung. Immerhin hatte ihre Cousine in einer Sache recht. Wer konnte groß, dunkel und verträumt schon ignorieren?

KAPITEL SIEBEN

„**D**as Beste an einem Besuch bei dieser Seite der Familie sind Tante Eileens Kuchen." Jamie Farraday, das älteste der Kinder von Tante Anne und Onkel Brian, ließ das schiefe, herzerwärmende Lächeln aufblitzen, das er von seinem Vater geerbt hatte, während er sich auf das gewaltige Mittagessen stürzte. Grace fragte sich, wie viele gebrochene Herzen es zwischen Austin und Dallas und überall sonst gab, wo Jamison Farraday eine Pause eingelegt hatte, um sich auszuruhen. „Sag Mama nichts", fuhr Jamie fort, „aber egal wie viele Jahre sie es versucht, sie ist einfach keine Bäckerin."

Grace brach das ofenfrische Brötchen, das einen Schwall warmer Luft entließ. Sogar sie vermisste das Kochen ihrer Tante. Trotz all der Restaurants in Dallas, die mit Weltklasse-Brötchen und hausgemachten Speisen aufwarten, war nichts, was sie bisher gefunden hatte, mit einem Abendessen am Familientisch vergleichbar. „Und ich dachte, ihr wärt gekommen, um unsere lächelnden Gesichter zu sehen."

„Das auch, Cousinchen. Das auch." Jamie kaute und schluckte und drehte sich zu seinen Cousins um. „Gibt es etwas Neues über D.J.s Freund?"

Mehrere Köpfe bewegten sich von einer Seite zur anderen.

„D.J. sagte, er würde uns Bescheid geben, sobald sich etwas ändert. Ich hoffe, dass keine Neuigkeiten gute Neuigkeiten sind, aber ich werde gleich selbst im Krankenhaus anrufen. Sie werden mir vielleicht nicht viel sagen, aber ..."

Tante Eileen goss sich eine Tasse Kaffee ein. „Ich wünschte, es gäbe etwas, was wir tun könnten."

Hannah legte ihre Gabel zur Seite. „Wenn D.J. recht hat und sein Freund Dale diesen Vorfall von häuslicher Gewalt, zu dem er gerufen worden war, emotional nicht verarbeiten konnte, wird er professionelle Hilfe brauchen. Militärveteranen gehören zu den am schwierigsten zu behandelnden Patienten. Sie haben diese Ich-mache-das-mit-mir-aus-Einstellung. Sie wollen alles selbst verarbeiten."

„Und das können sie nicht", murmelte Tante Eileen. „Zumindest nicht viele."

„Vor nicht allzu langer Zeit", warf Grace ein, „hat Dale jemanden kennengelernt. D.J. hat erwähnt, dass sie kürzlich Schluss gemacht haben.

„Davon weiß ich nichts." Hannahs Blick wanderte zum Seitenfenster und in die Ferne. „Aber ich wäre nicht überrascht, wenn die Trennung eine Reaktion und nicht der Auslöser war. Ich sehe das bei Veteranen und Polizisten oft. Rückzug und Distanzierung von den Menschen, die sie lieben."

„Und Dale war beides." Tante Eileen lehnte sich in ihrem Stuhl zurück.

„Ja", war alles, was Hannah sagte, bevor sie aufstand und ihr Geschirr zur Spüle trug.

Grace hatte von ihrem Platz an dem gewaltigen Küchentisch einen klaren Blick auf Connor und Catherine, die ihr gegenübersaßen. Die beiden zeigten den gleichen rehäugigen, frisch verheirateten Blick, den es all ihre Brüder und ihre besseren Hälften besaßen, doch dieser Blick war anders. Es gab ein stilles Gespräch und die Untertöne waren viel ernster als bei zwei Verliebten, die ihr nächstes Rendezvous planten.

Wovon auch immer die stille Unterhaltung handelte, sie endete damit, dass Stacey fröhlich in den Raum trottete und Connor die Hand seiner Frau bedeckte und kurz drückte, bevor er seine neue Tochter auf den Schoß zog.

„Tut uns leid, dass wir zu spät sind." Finn hängte seinen Hut neben die Hintertür. „Ich dachte, ich müsste bei einer unserer Erstgebärenden helfen."

„Alles okay?" Tante Eileen stand bereits am Herd und verteilte zwei Teller voll Eintopf an die Nachzügler.

„Ja, Mama und Sohn geht es gut."

Ein Moment der Panik blitzte auf Catherines Gesicht auf, als sie von ihrer kleinen Tochter zu ihrem Schwager blickte. Connor streckte die Hand aus und tätschelte sanft das Knie seiner Frau, woraufhin diese einen sanften Atemzug ausstieß und ihre lächelnde Tochter betrachtete.

„Wir haben noch ein Kälbchen, Mama."

„Ja, haben wir."

Stacey nickte. „Wir haben noch ein Kälbchen. Es ist ganz schwarz und noch wackelig, aber Onkel Finn hat es mich streicheln lassen."

Grace musste ihrer Schwägerin Anerkennung zollen. Vor ein paar Monaten hätte Catherine bei dem Gedanken, dass Stacey einer Kuh und ihrem Kalb so nahe war, hyperventiliert. Jetzt waren es nur noch ein paar langsame Atemzüge und durch die beruhigende Hand ihres Mannes konnte sie die Entdeckungsfreude ihrer Tochter teilen.

„Erzähl ihnen, was wir sonst noch gemacht haben", ermutigte Finn.

Stacey strahlte, als hätte sie ein Erste-Klasse-Ticket zum Nordpol bekommen. „Onkel Finn ließ mich helfen, die Kühe mit Heu zu füttern."

„Hat er?", sagte Connor mit einem Hauch von Übertreibung.

„Ja. Er sagte, ich wäre eine große Hilfe."

Connor zog sie in eine feste Umarmung. „Ich wette, das warst du, Partner."

Diese ganze süße Familienbande begann Grace zu verunsichern. Sie nahm an, dass sie alle im Vergleich zu anderen ein relativ funktionierendes Familienleben hatten, besonders wenn man bedachte, dass sie ihre Mutter verloren hatten. Doch all diese neu entdeckte Liebe und Freude und Süße im Zimmer wurden selbst ihr ein bisschen zu viel.

Das Klingeln ihres Handys im anderen Zimmer ließ Grace aus ihren Gedanken aufschrecken. „Verzeihung." Sie sprang von ihrem Platz auf und eilte zu ihrem Telefon auf dem Beistelltisch im Wohnzimmer. „Hallo?"

„Es ist hier!", quietschte Becky ihr ins Ohr.

Grace hatte eine ziemlich gute Vorstellung davon, was *es* war, aber sie fragte trotzdem nach. „Sicherlich eine neue Ladung Gegengift?"

„Manchmal bist du deinen Brüdern zu ähnlich." Becky bemühte sich zu stöhnen, aber ihr Jubel siegte. „Mein Kleid. Es ist bei den Schwestern. Adam hat gesagt, ich kann den Rest des Nachmittags freinehmen. Kannst du mich treffen?"

Als sie auf ihre Jeans und Stiefel hinabblickte, überlegte Grace für einen kurzen Moment, nach oben zu gehen, um sich umzuziehen und etwas Make-up aufzutragen, und erinnerte sich ebenso schnell, dass sie in Tuckers Bluff war, wo sich fein anziehen bedeutete, gebügelte Jeans und gebürstete Stiefel zu tragen. „Ich komme, so schnell ich kann."

„Nicht zu schnell", sagte Becky eilig.

Das Mädchen kannte Grace ein wenig zu gut, aber wie viel Ärger konnte sie auf einem langen, einsamen Abschnitt einer geraden Straße schon bekommen? „Ich hole dich in der Klinik ab."

Becky klang so aufgeregt, dass Grace sich nicht sicher war, ob ihre Freundin so lange warten konnte, bis Grace in der Stadt ankam.

„Ich muss schnell in die Stadt." Grace sah ihre Familie an, „Beckys Kleid ist hier. Geht es in Ordnung, wenn ich den weißen Truck nehme?"

„Ich muss nirgends hin", sagte Finn. „Nimm den SUV."

„Danke." Grace lächelte ihren Bruder an und fragte sich, warum sich keiner von ihnen je ein schönes schnelles Auto gekauft hatte. Sie hätte beinahe gelacht, als sie an Ethan dachte. Wer brauchte ein Auto, wenn man mit hundertfünfzig Meilen pro Stunde in luftiger Höhe durch den Himmel sausen konnte?

Grace sang laut mit Carrie Underwood und Rascal Flats mit und schaffte es in etwas mehr als fünfundvierzig Minuten in die Stadt. Hoffentlich achtete Becky nicht so sehr auf die Zeit, um das zu bemerken.

„Oh, du bist hier", quietschte Becky, als Grace die Lobby betrat. Als ihr Blick zu der Uhr an der Wand aufstieg, sah sie Grace mit zusammengekniffenen Augen an und schüttelte den Kopf. „Nur damit du es weißt, wenn dir etwas passiert wäre, hätte es die Hochzeit total ruiniert."

Grace kicherte. „Ich liebe dich auch."

Zusammengekauert und lachend wie zwei Teenager, die Geheimnisse austauschen, eilten sie über die Straße und hinüber ins Sisters. Die beiden Schwestern mussten genauso begierig wie Becky gewesen sein, das Kleid zu sehen, da Sister die Tür aufhielt und Sissy ein paar Meter drinnen mit einer großen weißen Box wartete.

„Du kannst es anprobieren." Sissy drückte Becky die Schachtel in die Hand und scheuchte sie zu den Umkleidekabinen.

„Brauchst du etwas Hilfe, Liebes?", fragte Sister

mit hoffnungsvollem Blick, doch Beckys Augen wanderten zu Grace.

„Ich komme." Grace eilte ihr hinterher. Auf eine surreale Art und Weise erinnerte sie das daran, wie sie sich als kleine Mädchen immer verkleidet hatten. Wann zum Teufel waren sie alle erwachsen geworden?

„Ja, Sir, Mr. Rankin." Andy schrieb den letzten Artikel der Bestellung auf und Chase tat sein Bestes, hinter der Theke beschäftigt zu wirken.

Andy und Mr. Rankin beim Reden zuzusehen, machte deutlich, wie wenig Chase tatsächlich über die Welt wusste, in die er sich eingekauft hatte. Die beiden diskutierten über das Wetter und das Vieh und andere für sie so selbstverständliche Dinge, wie es das neue Restaurant in der 8th Avenue oder die Abschlusskurse der Börse in China für ihn und seine Kollegen gewesen waren.

„Hört sich an, als würden Sie sich hier wie zu Hause fühlen?" Der Rancher mittleren Alters sah Chase an.

„Eigentlich bin ich das." Er musste sich daran erinnern, dass es ihm eines Tages genauso leicht fallen würde, über Schöpfmaschinen und Brandmarkungen zu sprechen wie den anderen Männern im Laden.

„Im Café hat sich herumgesprochen, dass Eileen ihre Blaubeer-Schmand-Torte für Sie gebacken hat."

„Für mich?"

„Beim Abendessen auf der Ranch", stellte der Mann klar.

„Oh. Ja, ja, das hat sie."

Die Glocke über der Tür klingelte und ein anderer Mann, den Chase nicht kannte, kam herein.

„Nachmittag, Will, Andy." Der große Mann in dem Standartoutfit aus Jeans, Stiefeln, Hemd und Hut streckte seine Hand aus. „Sie müssen der neue Besitzer aus New York sein? Ich bin Will Berkner."

„Schuldig im Sinne der Anklage." Chase nahm die Hand des Mannes und schüttelte sie. Es hatte ihn nicht überrascht zu hören, dass der Kunde wusste, dass er aus New York kam. Er verstand, dass sich die Neuigkeit schnell verbreitete, wenn Fremde in eine kleine Stadt zogen.

In den nächsten Minuten unterhielten sich die beiden Kunden über Ehefrauen und Kinder und Kuhschubsen. Bis zu diesem Moment hatte Chase das Schubsen von Kühen immer für einen Witz gehalten und nicht für etwas, das Teenager tatsächlich als Streich machten. Was auch immer die Männer als nächstes sprachen, entging Chase, als er darüber nachdachte, wie zum Teufel eine Person fünfzehnhundert Pfund Kuh oder mehr dazu bekommt, mit den Füßen nach oben auf ihren Rücken zu legen.

„Benutzt du immer noch Stongid für deine Pferde?", fragte Andi.

„Tue ich. Ich hatte nicht die geringsten Probleme mit Koliken oder Würmern, seit Adam es vorgeschlagen hat. Ich bin wegen ein paar Heuballen hier. Ich wollte jetzt seit fast einer Woche in die Stadt kommen, aber immer eins nach dem anderen. Du weißt wie das ist."

„Das tue ich", stimmte Andy zu und Stan Rankin nickte.

„Was halten Sie von der Ranch der Farradays?", fragte Will Chase.

„Nett."

„Nett? Sie haben eine der wohlhabendsten Ranches diesseits von Fort Worth." Will kicherte. „Burt hat mir gesagt, dass Sie, jetzt wo Andy hier hilft, etwas Zeit haben werden, um mit den Farraday-Jungs einen Ausritt zu machen."

„Burt?" Chase erinnerte sich nicht daran, dieses Vorhaben heute Morgen jemandem außer Andy gegenüber erwähnt zu haben.

„Du weißt schon", half Andy nach, „ihm gehört der Eisenwarenladen."

„Ja, natürlich."

„Wenn Sie Ihren Truck hinten vorbeifahren, laden wir das Heu für Sie auf."

„Sicher doch." Will drehte sich zu Chase um. „Grace und Becky sind drüben bei den Schwestern und holen das Hochzeitskleid ab."

Chase nickte, nicht sicher, ob Burt diese Kleinigkeit ebenfalls weitergegeben hatte oder ob Mr. Berkner auf andere Weise an diese Information gekommen war.

„Sie ist ein nettes Mädchen, diese Grace. Ein bisschen wild, als sie jünger war, aber ein nettes Mädchen."

„Ja", stimmte Chase zu und achtete darauf, nicht zu viel zu sagen.

„Aber lassen Sie sich von ihren Brüdern und den Geschichten über diesen Hund nicht dazu drängen, das Mädchen um ein Date zu bitten. Ein Mann hat das Recht, ledig zu bleiben, wenn er will."

Chase entschied sich dafür, wieder nur zu nicken. Hatte der Mann Glück gehabt oder wusste er irgendwie, dass der streunende Wolfshund Grace in seinem Laden umgeworfen hatte? Sicherlich meinte der Mann das nur im Allgemeinen.

„Nun", der Mann klopfte mit der Hand auf die Theke, „ich hole besser mein Heu. Freut mich, Sie kennenzulernen, und denken Sie daran, was ich über Grace gesagt habe.

„Vielen Dank." Chase hob leicht die Hand und winkte.

„Ich geh mit dir raus", sagte Stan Rankin zu dem anderen Mann. „Ich muss hinten vorfahren und meine Bestellung abholen."

Als sich die Tür hinter den beiden Männern schloss, hörte Chase, wie Rankin den anderen fragte: „Klingt, als würdest du auf den Stadtjungen setzen. Ich setze zehn auf den Hund."

Wie angewurzelt starrte Chase auf die Tür. Wussten zwei Menschen, die er noch nie zuvor getroffen hatte, wirklich so viel über sein Leben? Was hatte Grace zu ihm gesagt? *Es wird nicht lange dauern, bis die ganze Stadt weiß, wann dein Wecker klingelt und wie lange deine Milch schon im Kühlschrank steht.* Anscheinend hatte sie nicht gescherzt. Ein Grinsen zog an seinen Mundwinkeln. Wenn die Leute ihn so genau im Auge behalten wollten, musste er sicherstellen, dass seine Milch nicht schlecht wurde. Und dann musste er herausfinden, wie die Quoten waren, und sich selbst an der Wette beteiligen. Er war sich nur noch nicht sicher, welcher Seite er die Daumen drücken sollte. Noch nicht.

„Ich schwöre, Dallas wird nicht weit genug weg sein." Grace warf ihre Schlüssel auf Beckys Küchentheke.

„Sie haben sich nichts dabei gedacht." Becky hängte das eingesackte Hochzeitskleid an den Deckenventilator.

Grace betrachtete das in der Mitte des Raumes ausgestellte Kleid und schüttelte den Kopf. „Du willst es dort aufhängen?"

„Vorübergehend." Ihre Kindheitsfreundin grinste. „Und es ist keine große Sache, dass Mrs. Berkner gehört hat, wie Chase und Andy darüber gesprochen haben, dass er eines Tages mehr von der Ranch sehen will, und dass sie es Polly erzählt hat und Polly es Sissy erzählt hat.

„Und genau das meine ich. An manchen Tagen habe ich das Gefühl, dass diese Stadt mehr über mein Leben weiß als ich." Grace holte tief Luft. „Glaubst du wirklich, die Stadt wettet darauf, dass dieser Hund noch ein Paar verkuppelt?"

„Ich bezweifle, dass es die ganze Stadt macht." Beckys Versuch eines beruhigenden Lächelns scheiterte kläglich.

„Das muss Burt Larson gewesen sein. Dieser Mann hat Augen am Hinterkopf."

„Könnte auch Polly gewesen sein. Sie ist dafür bekannt, die Nachbarn mit einem Fernglas vom Cut and Curl aus zu beobachten."

„Oh Gott." Grace sank auf das Sofa. „Ich glaube wirklich nicht, dass Dallas weit genug weg ist. Ich liebe die Idee, dass ich in mein Auto steigen und ich in ein paar Stunden zu Hause sein kann, wenn es eine Krise gibt oder etwas Tolles passiert ist, aber je älter ich werde, desto mehr denke ich, ein kurzer Flug wäre auch gar nicht so schlecht."

„Das kannst du doch unmöglich ernst meinen?"

„Wäre es so schrecklich, wenn ich an einem lustigen Ort wie New York oder vielleicht Boston leben würde?"

„Ich dachte, du magst die Kälte nicht?"

„Okay, dann San Francisco oder LA."

„Erdbeben und Schlammlawinen", sagte Becky todernst.

„Und Texas liegt in der Tornado Alley. Kein Ort ist perfekt."

„Ich verstehe es nicht." Becky ließ sich ihrer Freundin gegenüber auf den Stuhl fallen. „Du liebst die Pferde und die Ranch."

„Das tue ich, aber in Maßen. Ein Wort, mit dem jeder über Vierzig in dieser Stadt nicht vertraut ist."

Kopfschüttelnd lehnte Becky sich zurück. „Es ist immer schön, wenn du länger als ein paar Tage zu Hause bist. Ich weiß, dass ich bald verheiratet bin, aber sobald du anfängst zu arbeiten und nur zwei Wochen Urlaub im Jahr hast, werde ich dich wirklich vermissen."

„Dallas ist nur ein paar Stunden entfernt."

„Könnte genauso gut der Mond sein. Oder New York."

Jetzt wäre wahrscheinlich nicht der beste Zeitpunkt, um zu erwähnen, dass New York nicht annähernd so weit hergeholt oder spontan war, wie Grace es klingen ließ. Sie hatte monatelang mit dem Gedanken gespielt, an die Küste zu ziehen, und als sich die Gelegenheit für eine Stelle bei einer der größten Anwaltskanzleien des Landes im Big Apple auftat, hatte Grace nicht gezögert, einen Lebenslauf einzureichen. Vielleicht hätte sie auch Lebensläufe an Kanzleien in Paris schicken sollen. Sie war sich ziemlich sicher, dass es an der Côte d'Azur kein kaltes Wetter, Erdbeben oder Tornados gab, und was waren schon ein paar zusätzliche Stunden in einem Flugzeug nach Hause?

KAPITEL ACHT

Wenn die langen Fahrten zu den Farradays oder den anderen Ranches im County nicht wären, hätte Chase höchstwahrscheinlich auf ein Auto verzichten können. Langsam verstand er auch, warum man sich in diesen Breiten entweder einen übergroßen Geländewagen oder einen dieser gigantischen Pickups mit vier Türen und genug Platz für einen Elefanten zulegte. Oder zwei.

Auf der Rückfahrt zum Bed-and-Breakfast lenkten die Vielfalt der Architektur und der offensichtliche Mangel an Stadtplanung Chase' Aufmerksamkeit von der Straße ab. Malerische Handwerkerhäuser standen neben Kuriositäten aus der Mitte des Jahrhunderts und viktorianischen Gebäuden. Besonders eine Straße schien stärker mit Verzierungen und der dreifarbigen Malerei der Architektur des letzten Jahrhunderts gesäumt zu sein. Die kurze Häuserreihe erinnerte ihn an die berühmte Straße in San Francisco, die oft in Werbespots und Filmen zu sehen war. Diese typischen verzierten Häuser mit der modernen Stadt im Hintergrund. Wo er aufgewachsen war, waren über hundert Jahre alte Häuser gang und gäbe, aber eher weniger aus der viktorianischen Ära. Er hatte Gefallen an dem Bed-and-Breakfast gefunden. So etwas zu besitzen, wäre ein gewaltiger Kontrast zu seiner modernen Junggesellenwohnung in der Stadt. Aber was zum Teufel würde er tun, wenn er ganz alleine in einem so großen alten Haus herumgeistern musste?

Vielleicht war es an der Zeit, über einen Ort nachzudenken, an dem er sich dauerhaft niederlassen könnte. Bei Meg und Adam zu wohnen, während er Fuß fasste oder versagte, machte Sinn, aber wie lange? Wann würde er sicher sein, dass Tuckers Bluff alles sein würde, was er sich vorgestellt hatte? Er hatte nicht wirklich darüber nachgedacht, wie sich dieses ganze *Kauf ein Geschäft und zieh nach Westen*-Szenario langfristig entwickeln sollte, abgesehen davon, dass er als Mitglied der Gemeinschaft genug geliebt und respektiert werden wollte, dass die Leute über seine Yankee-Wurzeln hinwegsehen konnten. Bisher sah es so aus, als wäre er damit richtig gelegen. Bis jetzt hatte er nichts von der kleinstädtischen Unnahbarkeit gesehen, vor der er gewarnt worden war. Dieser Du-musst-hier-geboren-sein-um-dazuzugehören-Mentalität. Ganz im Gegenteil. Er fühlte sich bei diesen Menschen so zu Hause, dass er fast vergessen konnte, in einer völlig anderen Welt geboren und aufgewachsen zu sein.

Als er um die Ecke bog, fiel ihm die zusätzliche Reihe von Autos vor dem Bed-and-Breakfast auf. Er sah sich die Fahrzeuge in der Einfahrt an und erkannte mehrere von der gestrigen Fahrt zur Ranch. „Sieht nach Besuch aus", murmelte er vor sich hin. Ähnlich wie in der Nacht zuvor wurden Stimmen und Gelächter lauter, als er die Veranda erreichte.

„Oh gut, du bist zu Hause." Meg lächelte ihn an. „Das Abendessen ist fast fertig. Willst du etwas Wein?"

„Vielleicht später." Er war so müde davon, den ganzen Tag weitere nutzlose Vorräte entsorgt und frisch eingetroffene Ware ausgeladen zu haben, dass er jetzt, wenn er auch nur ein Glas Wein trinken würde, mit dem Gesicht voran in sein Essen fallen könnte. Und es gab immer Essen. Das Hotel hieß zwar Bed-and-Breakfast, aber an den meisten Tagen gab es neben Frühstück auch ein geselliges Abendessen. Und wenn gekocht wurde, konnte das nur bedeuten, dass Brooks und seine Frau zum Abendessen hier waren. „Hi", grüßte er die Leute, die sich um die riesige Kücheninsel versammelt hatten, doch seine Augen fixierten sich dabei besonders auf eine Person. Grace. Es war nicht gut, dass er sich so freute, sie zu sehen.

Viele Stimmen antworteten und die Gespräche, die bei seiner Ankunft unterbrochen worden waren, nahmen wieder Fahrt auf.

„Dir werden die Augen ausfallen, wenn du sie siehst." Grace biss in eine kleine Stange Sellerie und wedelte dann mit dem restlichen Stängel vor dem Gesicht ihres Bruders herum. „Und deine Zunge wird wahrscheinlich auf den Boden klatschen."

D.J. warf einen Blick auf seine Verlobte und grinste wissend. „Sie wird umwerfend aussehen."

„Das tut sie bereits", warf Adam ein.

Becky verdrehte die Augen gen Himmel. „Danke, Adam, aber *sie* steht genau hier. Ich bin vielleicht ein bisschen abgelenkt, aber das macht mich nicht unsichtbar. Becky winkte wie ein Kind im Unterricht, das einen zusätzlichen Fleißpunkt haben wollte, mit dem Arm. „Was mich daran erinnert, dass Mrs. Peabody heute mit einer weiteren streunenden Katze in die Klinik gekommen ist."

„Wenn diese Frau so weitermacht, wird *verrückte alte Katzenlady* eines Tages wie ein Kompliment klingen."

„Wie auch immer." Becky verdrehte die Augen. „Aber sie sagte, dass sie die Katze, die mit dem Kater rumhing, den sie zur Kastration gebracht hatte, nicht fangen konnte. Sie ist sich ziemlich sicher, dass dieses zurückhaltende Ding, bald Mama wird."

„In Ordnung", seufzte Adam, „wir bringen einige der Fangkäfige zu ihr nach Hause und stellen sie auf. Vielleicht bekommen wir Mama dazu, sich dort einzunisten."

„Und wenn sie ein neues Zuhause sucht", Chase hob einen Finger, „nehme ich sie."

„Hier?" Meg sah erschrocken aus.

Chase kicherte. „Nein. Im Laden."

Jetzt starrten ihn mehrere weitere Gesichter mit erschrockenen Mienen an.

„Was habe ich gesagt?"

„Katze und Laden im selben Satz." Grace schüttelte den Kopf, machte ein paar Schritte auf ihn zu und glitt auf den leeren Hocker neben ihm. „Katzen und Futterläden vertragen sich nicht."

„Katzen fressen doch Mäuse?"

Ihre Augen öffneten sich für eine Sekunde weit und dann breitete sich ein Lächeln aus. „Sie spielen gerne mit Mäusen."

„Spielen?"

„Sie werfen sie herum wie ein Spielzeug und legen dir dann die tote Maus als Geschenk vor die Haustür."

„Klingt nach genau dem, was ich brauche."

„Du hast Mäuse", sagte Adam. Es war keine Frage.

„So wie es aussieht, ein ganzes Dorf."

„Du willst keine Katze", warf D.J. von der anderen Seite des Raums ein.

Chase verstand nicht. Wenn Katzen die Nagetierpopulation verringerten, warum durfte keine Katze in seinen Laden? „Habt ihr Jungs keine Katzen in den Ställen?"

„Doch."

„Was entgeht mir dann?"

Grace sah ihre Brüder an und mit der Sorgfältigkeit einer Mutter, die einem kleinen Kind etwas sehr Komplexes und möglicherweise Verwirrendes erklären wollte, legte sie ihre Hand auf seinen Arm und starrte ihn an. „Sie pinkeln.“

Becky kicherte, aber Meg und Toni sahen genauso verwirrt aus, wie er sich fühlte. Natürlich pinkelten sie. Jedes Lebewesen tat das.

Als er schwieg, tätschelte sie erneut seinen Arm. „Auf alles.“

Und dann ging die Glühbirne in seinem Kopf an, als er an die Säcke mit Futter und die Heuballen dachte, die seine Kunden kauften, um ihre Tiere damit zu füttern oder die Ställe auszulegen. Ja, er hatte es kapiert. Gerade als er dachte, die Lernkurve würde überschaubar werden, verschob jemand die X- und Y-Achsen.

Wenn Enttäuschung ein Gesicht hätte, würde es Chase Prescott gehören. Grace konnte fast sehen, wie er sich innerlich selbst einen Tritt versetzte, weil er den Zusammenhang nicht früher hergestellt hatte. „Das kann man leicht übersehen, wenn man an Hauskatzen und Katzentoiletten gewöhnt ist.“

„So sehr ich die Idee hasse, Gift zu verwenden, ich kann nicht zulassen, dass sie weiterhin das Lagerhaus verseuchen.“

„Der alte Thomas hat früher immer ein Mittel ausgelegt. Entweder hat er vergessen, seinem Sohn davon zu erzählen –“

„Oder es war ihm egal“, beendete Chase für sie.

„Das fasst es in etwa zusammen.“ Die ganze Stadt wusste, dass die Liebe des alten Mannes seinen kostbaren Pferden galt. Er hatte es schon vor langer Zeit aufgegeben, seinen Futterladen anständig zu führen, aber hier draußen waren die Leute in der Regel nicht besonders pingelig.

Das Telefon in Chase' Tasche summte und Grace hätte beinahe das Zusammenzucken übersehen, als er die Anrufer-ID sah. „Hi, Mom. Ich dachte, du und Tante Cecilia würden erst in ein paar Wochen zurückkommen?" Er bedeckte das Mundstück und sah zu Meg. „Das dauert nur eine Minute. Kann ich den Tisch für euch decken?"

Meg reichte ihm das Besteck und er packte mit der freien Hand, was er konnte. Wieder einmal hatte Grace ein wenig Mitleid mit ihm. Sein Telefon in der einen Hand und das Besteck in der anderen zu jonglieren, ließ ihm keine Möglichkeit, auch noch den Stapel Geschirr und die Servietten zu transportieren. Meg sagte leise: „Ich hole sie." Grace streckte die Hand aus, um seinen Arm zu berühren, zeigte dann auf die Teller und fragte mit hochgezogener Augenbraue, ob sie ihm helfen konnte.

Chase nickte, legte das Besteck vor Grace ab und nahm den Tellerstapel. Der Kerl war wirklich ein hervorragender Country-Gentleman. Nicht, dass sie das Geschirr nicht hätte bewältigen können, aber dass er die schwerere Last auf sich nahm, war eine süße Geste. Eines Tages würde er für irgendjemanden einen fürsorglichen Ehemann abgeben. Sie schnappte sich das Besteck und die Servietten und fragte sich, ob in New York noch mehr wie er herumwanderten.

Die Lautstärke seines Handys war hoch genug, dass Grace ohne große Anstrengung dem Gespräch folgen konnte.

„Das ist richtig", erklang eine Stimme am anderen Ende der Leitung. „Wir liegen in San Juan vor Anker. Wunderschönes Wetter hier. Ich dachte nur, ich melde mich, um zu sehen, ob du deine alberne Idee wieder aufgegeben hast."

Chase legte vor jeden Stuhl einen Teller auf eine

Seite des Tisches und blickte zu Grace auf, bevor er herumging.

Da sie nicht lauschen wollte, aber dennoch neugierig war, nahm sie sich Zeit, jede Serviette zu falten. Fein säuberlich, so wie Miss Abernathy es ihnen auf den Kirchenfesten beigebracht hatte.

„Das ist keine alberne Idee."

„Dann ziehst du wirklich in eine Kleinstadt und spielst Landjunge?"

Sein Blick huschte zu Grace und wieder zurück, als er zwei weitere Teller abstellte. „Meine Pläne haben sich nicht geändert."

„Du klingst genau wie dein Vater. Wir befinden uns im Zeitalter von Handys und Internet und selbstfahrenden Autos. Star Trek ist da und die Jetsons nähern sich schnell. Du wirst Mayberry nie finden, Chase."

Erneut blickte er zu Grace auf, aber dieses Mal griff er nach dem Besteck, das sie noch nicht neben die Teller gelegt hatte. „Ich denke, du könntet überrascht sein."

„Oh, Unsinn. Du und dein Vater hatten diese Tagträume, seit du fünf Jahre alt bist. Die Realität wird dem Traum nie gerecht werden. Das ist eine Tatsache des Lebens. Deshalb finden Frauen ihren Märchenprinzen nie wirklich."

„Schätze, es ist gut, dass ich nicht nach einem Märchenprinzen suche."

Grace unterdrückte ihre Belustigung und konnte hören, wie sich seine Mutter am anderen Ende räusperte.

„Na schön. Los, schmeiß dein hart verdientes Geld für irgendeinen blöden Bauernhof mit Löchern im Dach und ohne heißes Wasser raus. Mal sehen, wie lange du es mit diesen Landeiern aushältst."

Dieses Mal sah Grace Unbehagen, nicht wegen des

Gesprächs mit seiner Mutter, sondern wegen des Tiefschlags, der gegen die Leute in der Stadt gerichtet war. Technisch gesehen auch gegen sie, obwohl sie sich heutzutage eher als Stadtmädchen sah.

„Ich habe eine Verabredung zum Abendessen", sein Blick wanderte wieder zu ihr.

„Nun gut, vielleicht kann sie dich zur Vernunft bringen. Keine Frau möchte in einer Kleinstadt in den USA leben. Vertraue deiner Mutter."

„Ja, Mom."

„Benimm dich. Hab dich lieb."

„Hab dich auch lieb." Und mit diesen vier kleinen Worten tippte er auf das Telefon und steckte es zurück in seine Tasche.

„Sie weiß nicht, dass du den Futtermittelladen bereits gekauft hast?"

Er schüttelte den Kopf.

Grace nickte. „Also hat sie keine Ahnung, dass du schon die letzten paar Wochen hier lebst?"

„Sie und ihre Schwester sind am Tag, bevor ich gekommen bin, um mit Mr. Thomas zu sprechen und den Vertrag zu unterschrieben, auf eine ausgedehnte Kreuzfahrt aufgebrochen."

Aus irgendeinem Grund fand sie diese winzige verschwiegene Kleinigkeit ziemlich amüsant, genauer gesagt, die Tatsache, dass seine Mutter rein gar nicht amüsiert sein würde, wenn sie die Wahrheit herausfand. „Also, was ist der Plan? Warten, bis sie im Heimathafen anlegt, um sie auf den neuesten Stand zu bringen?"

„Meine Mutter war seit zwei Jahren nicht mehr in meiner Wohnung. Es besteht eine gute Chance, dass sie nicht bemerkt, dass ich weg bin, solange ich ihre Anrufe entgegennehme."

„Autsch." Grace legte die letzte Serviette zurecht. „Das tut mir leid."

„Muss es nicht. Das stimmt nicht ganz. Meine Mutter hat viele Freunde und ihr Privatleben besteht hauptsächlich daraus mit besagten Freunden zu Mittag und natürlich auch zu Abend zu essen. Aber sie würde vermutlich früher als in zwei Jahren bemerken, dass ich weggezogen bin."

„Zwei Wochen?", wagte Grace zu fragen.

Chase lächelte, ein süßes, sanftes Lächeln, das sie dazu brachte, es erwidern zu wollen. „Vielleicht zwei Monate. Plus minus einen Monat."

„Wenn dieses Unterfangen also nicht funktioniert, kannst du nach Hause zurückkehren und deine Mom wird nichts bemerkt haben?" Ein unerwarteter Schmerz stach in ihre Brust, als sie daran dachte, dass er vielleicht nicht in Tuckers Bluff sein würde, wenn sie das nächste Mal nach Hause kam. Jetzt hatte wohl sie Tagträume.

„Mein Vorhaben wird sich nicht ändern. Ich werde den Getreide- und Futtermittelmarkt vielleicht nicht übernehmen, aber es ist ziemlich offensichtlich, dass der Kundenstamm nicht woanders einkaufen wird, egal wie groß meine Lernkurve ist."

„Du magst das also?"

„Das tue ich. Ich denke, es ist an der Zeit, dass ich mir eine eigene Wohnung kaufe." Er kicherte leise. „Schau nicht so überrascht."

Ihr Erstaunen musste ihr deutlich ins Gesicht geschrieben gewesen sein. „Tut mir leid. Hat deine Mutter Recht? Willst du jetzt auch eine Farm?"

Immer noch lächelnd schüttelte Chase den Kopf. „Nein. Ich wollte nie eine Farm. Mein Vater sprach immer über Pferde oder Rinder und sogar Landwirtschaft, aber was er wirklich wollte, war, dem Hamsterrad zu entkommen. Meine Mutter sagte ihm, dass er bei seinem Glück, glauben würde, die Ponderosa zu kaufen und sie letztendlich in nach Green

Acres landen würde."

Grace verstand die Analogie zwischen den reichen Ranchern in der Fernsehsendung *Bonanza* und dem Anwalt aus der Stadt, der in einer anderen Sendung dieser Zeit, *Green Acres*, übers Ohr gehauen wurde. Doch sie fragte sich, ob seine Mutter nur pragmatisch war, oder, wie die Frau des Fernsehanwalts, verzogen. „Dein Vater hat es nicht getan?"

Seine einzige Antwort war ein schweres Seufzen und ein Kopfschütteln. Der Blick des kleinen verlorenen Jungen zog sie in ihren Bann. Sie wusste, dass sie sich um ihre eigenen Angelegenheiten kümmern, ihrer Sorgfaltspflicht als Trauzeugin für Becky nachkommen und dann so schnell wie möglich verschwinden sollte, aber würde es wirklich schaden, wenn sie Mr. Anzug ein wenig Nachhilfe in punkto Landleben gab? „Wird Andy morgen arbeiten?"

„Ja, im Moment läuft es schleppend für ihn."

„Gut für die anderen Menschen."

Wieder lächelnd nickte er. „Ich nehme an, das könnte man sagen."

„Warum kommst du nicht auf die Ranch? Die Jungs satteln auf und machen sich vor Sonnenaufgang auf den Weg, um der Hitze zuvorzukommen, aber wenn du es nach dem Frühstück schaffst, kann ich dir ein oder zwei Dinge beibringen."

Seine Brauen wölbten sich hoch über seinen Augen.

„Über die Rancharbeit", fügte sie verärgert hinzu. *Männer.*

„Das wäre nett. Ist neun gut oder zu früh?"

„Neun ist in Ordnung." Und etwas in ihrem Inneren sagte ihr, dass, wenn sie nicht aufpasste, es sich als viel mehr als nur nett erweisen könnte, diesem Großstädter alles über Seile beizubringen.

KAPITEL NEUN

Mit weniger als acht Stunden Schlaf auszukommen, war nichts Neues für Chase, aber heute Morgen war es anders. Es war nicht das Brüten über Katalogen und Internetdatenbanken bis in die späten Nachtstunden, das ihn von ausreichend Schlaf abgehalten hatte. Es waren Gedanken an Grace und das, was sie ihm beibringen könnte. Dinge, die nichts mit Rindern oder Pferden oder dem Flicken von Zäunen zu tun hatten, sorgten dafür, dass er sich stundenlang hin und her wälzte. Irgendwie war ihm diese Frau, die er erst seit ein paar Tagen kannte, völlig unter die Haut gegangen. Und das ergab keinen Sinn.

Den Besuch abzusagen, war ihm mehr als einmal in den Sinn gekommen. Jedes Mal, wenn er anrufen wollte, hatte er sich überredet, doch hinzugehen. Die Wahrheit war, er wollte gehen. Er wollte sehen, woraus er wirklich gemacht war. Konnte er es mit Männern aufnehmen, die mit harter Arbeit aufgewachsen waren und ihren Lebensunterhalt damit verdienten? Und konnte er mit einer Frau umgehen, die höchstwahrscheinlich dasselbe konnte, wenn sie wollte? Und war das nicht der springende Punkt seiner Debatte? Grace wollte nichts mit diesem Teil des Landes, dieser kleinen Stadt oder irgendetwas anderem zu tun haben, was *ihm* wichtiger war als ein dickes Bankkonto.

Die Uhr in seinem Armaturenbrett zeigte fünf

Minuten vor neun, als er unter den geschwungenen Eisenverzierungen am Anfang der Auffahrt zur Ranch hindurchfuhr. Verdammt, wenn das nicht beeindruckend war. Er war an einigen der exklusivsten Orte gewesen, die die Stadt und der Bundesstaat New York zu bieten hatten, und keiner hatte ihm das Gefühl gegeben, so unwürdig zu sein wie diese gewaltige Zurschaustellung der Tatsache, dass hier Mensch und Natur Seite an Seite lebten.

„Guten Morgen." Die schwere Eichentür flog auf und Grace stand auf und winkte ihn hinein. „Hattest du Zeit zum Frühstücken?"

„Mehr als ich wollte. Toni hat mich mit Pfannkuchen und Eiern und Speck und Haferflocken vollgestopft."

„Das bleibt an den Rippen, wenn du am Zaun arbeitest."

„Werden wir das tun?"

„Nein. Wir satteln die Pferde und reiten dann zu einer der Weiden, auf denen die trächtigen Kühe grasen und sehen nach, ob es irgendwelche Probleme gibt."

Sein erster Gedanke war, dass er eine Kuh in Not nicht erkennen würde, wenn sie auf seinem Kopf säße. Doch schließlich bekam er das Gefühl, dass hinter ihren Worten mehr steckte als nur eine trächtige Kuh mit Sodbrennen. „Etwas Bestimmtes, wonach wir suchen?"

Sie neigte ihren Kopf leicht zur Seite und betrachtete ihn ein paar Sekunden lang. „Du bist wirklich ziemlich schlau." Sie drehte sich um und führte ihn in die leere Küche und durch die Hintertür hinaus. „Die Zahlen stimmen nicht."

Er folgte ihr in die Scheune und in die Sattelkammer und wartete auf weitere Informationen.

„Es geht nicht um viele, und vielleicht hat sich jemand nur mehrmals verzählt, aber es sieht so aus, als würden uns ein paar Kälber fehlen.“

„Viehdiebe?“ Er dachte, das wäre etwas, das zusammen mit Revolverhelden und Saloons der Vergangenheit angehörte.

„Vielleicht.“

Sorgfältig passte er auf, wie Grace ihm jedes Ausrüstungsstück erklärte, während sie Geschirre, Bissstücke, Gurte, Decke und alle anderen kleinen Dinge, die man brauchte, um ein Pferd zu satteln, in seinen Armen stapelte. Sie hatte nachgegeben, als er darauf bestanden hatte, die Sättel zum Sattelplatz zu tragen, aber war standhaft geblieben, als er versuchte, sie auf den Rücken des Pferdes zu setzen.

„Ich weiß, du denkst, ich schaffe das nicht, aber ich sattele mein eigenes Pferd, seit ich zehn Jahre alt bin, und wenn du den Sattel dabei zu stark herunterfallen lässt, kannst du dem Pferd mehr Schaden zufügen, als das Gewicht vielleicht bei mir verursachen könnte.“

Und, als wäre das Ding so leicht wie eine Feder, hob sie den Sattel hoch und über den Rücken des Pferdes und setzte ihn sanft ab. Nicht langsam und vorsichtig, sondern einfach gekonnt. Eine Leichtigkeit, die eindeutig durch jahrelange Übung entstanden war. „Gut.“

Grace nickte und begann, die Gurte auszurichten. „Komm her“, sagte sie zu ihm. „Du willst sie nicht zu eng, aber auch nicht so locker spannen, dass der Sattel herumrutscht und der Reiter sich unter dem Pferd wiederfindet, anstatt darauf.“

Er war sich nicht sicher, ob sie es ernst meinte oder nicht, aber er tat, was ihm gesagt wurde. Mit der gleichen sanften Leichtigkeit, mit der sie sich dem Pferd genähert hatte, nahm sie seine Hand und er musste die Zähne zusammenbeißen, um nicht auf ihre Berührung zu reagieren. Eine halbe Sekunde lang dachte er, vielleicht hatte sie dieses Mal die ungewöhnliche Verbindung gespürt, aber ohne zu zögern schob sie seine Hand unter den Bauch des Pferdes und manövrierte seine andere Hand, um am Gurt zu ziehen.

„Siehst du?"

Er traute sich nicht, etwas Dummes zu sagen, wie zum Beispiel, wie weich ihre Hände waren oder wie gut ihr Parfüm roch, und nickte einfach.

Beim nächsten Pferd stand sie neben ihm und wies ihn an, wenn er einen Schritt vergaß, doch dieses Mal berührte sie ihn nicht. Hatte er recht gehabt? Hatte sie die Hitze gespürt? Oder gab er sich nur seinen nächtlichen Fantasien hin? Er schüttelte den Kopf, um ihn von den Dingen freizumachen, an die er nicht denken sollte, und sie sattelten das zweite Pferd in kürzester Zeit.

Mit den Pferden gingen sie zu einem großen Anhänger, der vor dem Stall geparkt war. „Wir reiten nicht zu den Kühen?"

„Wenn wir auf eine näher gelegene Weide müssten, würden wir das tun. Aber Finn hat mich gebeten, eine zu überprüfen, die näher an der Südstraße liegt –"

„Südstraße?"

„Auf der anderen Seite der Ranch. Wir haben ungefähr hunderttausend Morgen Land. Das ist eine ziemliche Strecke und wir sollten die Pferde nicht überanstrengen, wenn wir nicht müssen."

„Und das müssen wir nicht."

„Exakt."

Chase vermutete, dass er immer noch hier stehen und die riesigen Tiere zerren und überreden würde, die Rampe hinaufzugehen, wenn er die Pferde alleine hätte einladen müssen. Doch wie Grace das tat, sah das Ganze so einfach aus.

„Du musst dich nicht schlecht fühlen. Ace ist ziemlich gerissen. Er testet. Ob du ein Greenhorn bist."

„Warum fühle ich mich dadurch nicht besser?"

Zum ersten Mal, seit sie die Scheune betreten hatten, grinste sie ihn an und schaffte es dabei ziemlich gut, ihm nicht auszulachen. Die Anspannung, die seine Wirbelsäule hinaufgestiegen war und sich in seinen Schultern festgesetzt hatte, seit ihre Hand seine zum ersten Mal berührt hatte, schmolz dahin. Er könnte sich wirklich an dieses Lächeln gewöhnen. Chase war sich mehr als sicher, dass er es vermissen würde, wenn sie wieder nach Dallas gehen würde, um dort eine erfolgreiche Karriere zu verfolgen.

Am Anfang der Fahrt sagte niemand etwas. Grace behielt beide Hände am Steuer, als sie vom Grundstück auf die Hauptstraße bogen und darauf blieben, bis sie einen unbefestigten Weg erreichten.

Grace hielt an, öffnete die Tür und sah ihn an. „Gib mir eine Sekunde, um das Tor zu öffnen."

„Brauchst du Hilfe?"

„Nein. Bin gleich zurück."

Die Wahrheit war, dass es ihm seltsam vorkam, im Wagen sitzen zu bleiben, während sie das schwere Tor bewegte, doch er konnte nicht abstreiten, dass sie es leicht aussehen ließ. Zurück im Truck fuhren sie über die quer zum Weg verlaufenden, im Boden eingelassenen Balken, die das Vieh daran hindern sollten, die Weide zu verlassen, falls jemand vergas, das Tor zu schließen.

„Okay", sie lächelte, „du darfst es schließen."

Am Ende der Schotterstraße parkte sie den Truck und stieg aus. Das Abladen der Pferde war wirklich einfacher als das Aufladen, oder Ace hatte sich entschieden, dass es seine Zeit nicht wert war, das Greenhorn zu ärgern – ein Greenhorn, das ziemlich stolz auf sich war, dass es elegant auf das Pferd geklettert war, ohne von der anderen Seite herunterzufallen.

„Siehst du das?" Sie zeigte zu seiner Linken in die

Ferne. Schwarze Flecken strichen über eine Decke aus Grün und Gold. „Da müssen wir hin."

Sein Pferd folgte Grace' Führung. Sie gab das Tempo vor. Ein eher langsames Tempo. Ein sehr langsames Tempo.

„Sollten wir nicht etwas schneller reiten?"

„Nicht, wenn du morgen noch laufen willst."

„Verzeihung?"

„Es gibt keinen Grund zu galoppieren. Wir haben es nicht eilig."

Er nickte.

„Und wenn wir traben, wird dein Hintern es dir heimzahlen, es sei denn, du hast gelernt, auf einem Pferd zu sitzen."

Er nickte wieder. Seine Reiterfahrung bestand aus ein paar kurzen Runden in einem Gehege auf der Ferienranch während eines Schulausflugs in der achten Klasse. Sie hatte Recht. „Gibt es etwas Bestimmtes, nach dem wir suchen?"

„Fehlende oder beschädigte Zaunabschnitte. Reifenspuren. Irgendetwas Verdächtiges."

Zaun und Reifenspuren konnte er finden. Bei allem, was mit *verdächtig* zusammenhing, war er sich nicht so sicher, aber er war bereit, es zu versuchen. „Es ist wirklich schön hier draußen."

„Es ist flach."

„Ja, aber schön. Die Art, wie die Kühe die Landschaft sprenkeln. Die Tiefe des Himmels. Die Stille, abgesehen von den Schritten unserer Pferde."

„Und das unaufhörliche Muhen von hundert Kühen."

„Schlägt hundert Taxifahrer und ihre Hupen."

„Vielleicht." Sie zuckte mit den Schultern. „Ich würde das gerne selbst herausfinden."

„Warst du jemals in New York?"

Sie schüttelte den Kopf. „Ich habe es einmal

während der Frühlingsferien nach Florida geschafft. Ich sollte zum einundzwanzigsten Geburtstag eines Freundes vom A&M nach New Orleans fahren, aber ich habe eine Bronchitis bekommen."

„Hattest du keine weitere Chance für einen Besuch?"

„Nein. Bourbon Street und Beignets müssen warten." Sie blickte in seine Richtung. „Was ist mit dir? Warst du in New Orleans?"

Er nickte. „Ich mag aber die Zeppole auf der Arthur Avenue lieber."

„Arthur Avenue?"

„Little Italy, in der Bronx. Gleiches Konzept wie Beignets. Frittierter Teig mit Puderzucker."

„Was ist mit der Bourbon Street?"

Ein Lächeln umspielte seine Lippen, bevor er es verbergen konnte. „Nicht schlecht."

„Oh ja." Sie verdrehte die Augen. „Dieses Lächeln spiegelt definitiv eine miserable Reise nach New Orleans wider."

„Ich war jung. Nicht sehr anspruchsvoll."

Grace sah nach vorn zu den Rindern. „Ich denke, ich werde es auf meiner Liste nach oben schieben."

„Deine Liste?"

„Orte, die ich besuchen möchte, bevor ich dreißig bin."

„Ah, verstehe."

„Wie geht es dir?"

Er schlang die Zügel locker um das Horn seines Sattels und streckte die Hände zur Seite aus. „Siehst du, Mami, freihändig."

„Oh, um Himmels willen."

Er lachte lauter als er sollte und nahm die Zügel wieder in die Hand. Er war sich nicht sicher, aber er glaubte zu sehen, wie Ace seinen Hals drehte und seine weisen braunen Augen verdrehte. „Was soll ich sagen, ich hätte schon in jungen Jahren von zu Hause weglaufen und zu einem Rodeo gehen sollen."

„Das ist der Zirkus."

„Ja, aber Clowns dürfen nicht mit Pferden und Kühen spielen."

„Tun wir auch nicht."

„Ich weiß nicht. Das fühlt sich für mich sehr nach Spielen an." Er beugte sich vor und wusste, dass er es nicht sollte, aber er konnte einfach nicht widerstehen. Er lockerte seinen Griff um die Zügel, stieß seine Fersen in die Seite des Pferdes, schnalzte mit der Zunge und rief beim Losgaloppieren über die Schulter: „Der Letzte bei den Kühen muss dem Sieger ein Abendessen ausgeben."

KAPITEL ZEHN

Das Erste, was Grace in den Sinn kam, war, dass Chase dabei war, sich umzubringen. Ihr zweiter Gedanke war, dass der Großstädter reiten konnte. Und zwar schnell.

„Oh nein, du gewinnst nicht." Sie hatte nicht die Absicht zu verlieren. Der Verrückte konnte vielleicht auf einem galoppierenden Pferd bleiben, aber er konnte auf keinen Fall mit einem dreifachen Rodeo-Champion mithalten. Ganz zu schweigen vom jüngsten Kind der Familie, das immer mit den älteren Brüdern hatte mithalten müssen. Sie beugte sich vor, presste ihre Fersen leicht in Princess' Seite, schnippte mit den Zügeln von einer Seite zur anderen und stieß einen vertrauten Schrei aus, woraufhin ihr Lieblingspferd wie die Barrel-Race-Gewinnerin, die sie war, davonpreschte.

Es war so viele Jahre her, seit Grace mit Princess so geflogen war. Sie hatte vergessen, wie großartig es sich anfühlte, sich mit einem so mächtigen Tier zu bewegen. Der Wind, der ihr ins Gesicht wehte, und das Stampfen der Hufe schickten ihr einen Adrenalinstoß in jede Zelle ihres Körpers.

„Whoo", hörte sie sich selbst schreien, während sie an Chase vorbeisegelte. Als sie kurz vor der Herde war, wurde sie langsamer, um sich umzudrehen.

Außer Atem kam Chase neben ihr zum Stehen. „Das war super." Das Lächeln auf seinem Gesicht wäre ansteckend gewesen, wenn Grace nicht schon von einem Ohr zum anderen gegrinst hätte.

„Wie oft, sagtest du, warst du reiten?", fragte sie, selbst leicht außer Atem.

„Ein paarmal." Chase beugte sich vor und tätschelte den Hals seines Pferdes.

Grace kaufte ihm das nicht eine Sekunde lang ab, aber im Moment war es ihr ziemlich egal. „Das war nicht fair. Du hast uns nicht vorgewarnt."

„Als ob dich das interessiert hätte. Ich sah dein Gesicht aufleuchten, als du an mir vorbeigaloppiert bist."

Sie konnte sicherlich nicht widersprechen. Chase hatte recht, der Augenblick, in dem ihr klar wurde, dass sie ihm nicht folgen und seinen Arsch retten musste, sondern es galt, ihn zu schlagen, war der berauschendste Moment, den sie seit langem erlebt hatte.

Über das Sattelhorn gebeugt, immer noch nach Luft schnappend und wie ein Idiot grinsend, legte Chase den Kopf zur Seite. „Was jetzt?"

Fast überwältigt von dem Wunsch, zum Bach zu rennen und Chase hineinzuschubsen, holte Grace tief Luft und unterdrückte diesen Impuls. Langsam beruhigte sich ihr galoppierendes Herz und sie fing an, die Herde abzusuchen. „Jetzt machen wir uns an die Arbeit."

Mehr als eine Stunde war vergangen und sie hatten weder das Fehlen einer Kuh oder eines Kalbs noch ein Anzeichen für Probleme entdeckt. Ein oder zwei Mal hätte Grace vielleicht sogar schwören können, dass die Kühe ihr böse Blicke zuwarfen, weil sie ihr gemächliches nachmittägliches Grasen störten oder durch das einsame Fleckchen Schatten ritten, in dem sie sich versammelt hatten.

„Diesmal", Grace richtete sich im Sattel auf, „lassen wir uns Zeit und reiten entlang des Zauns zurück zum Truck. Tante Eileen hat uns ein leckeres Mittagessen eingepackt, und ich weiß nicht, wie es dir geht, aber ich bin am Verhungern."

„Da geht's mir genauso. Ich hätte ein bisschen Appetit aufgebaut. Eigentlich bin ich so hungrig, dass ich eine ganze –" Chase sah sich um und schluckte. „Nun, ich habe einfach Hunger." Ein entschuldigendes Lächeln huschte über seine Lippen und Grace dachte zum ersten Mal, seit sie den allzu ordentlichen Ladenbesitzer gesehen hatte, der auf sie und seine verstreute Auslage herabgestarrt hatte, dass in diesem Großstadthelden vielleicht wirklich ein bisschen Landjunge stecken könnte.

Gemeinsam ritten sie gemächlich die Zaunlinie entlang und hielten Ausschau nach Öffnungen oder anderen Anzeichen unerwünschter Aktivitäten.

Fast wieder am Truck angekommen, kam Chase zum Stehen und rutschte etwas zu leicht von seinem Pferd. „Ist das etwas?"

Grace schüttelte den Kopf, ließ die Zügel los und stieg nur ein oder zwei Schritte hinter Chase ab. „Verdammt." Der Zaun war intakt, aber ein paar Zigarettenkippen waren neben dem Pfosten in den Boden gepresst worden. „Diese Ärsche hätten die ganze verdammte Weide abfackeln können." Sie hob den Kopf und blickte in die Ferne, wo die Kühe die Sicht trübten. „Wir sollten Finn besser sagen, dass es Ärger geben könnte."

„Ich nehme an, deine Brüder rauchen nicht?"

„Keiner von uns." Der nagende Hunger trat in den Hintergrund und in ihrem Kopf schwirrten die verschiedensten Szenarien umher. Und keines davon gefiel ihr.

Chase ging in die Hocke und betrachtete die Zigarettenstummel und die Umgebung. „Wir sollten wahrscheinlich D.J. anrufen."

„Schon dabei." Sie zog ihr Handy heraus und drückte die Kurzwahl.

„Besteht die Chance, dass es gar nichts ist?", fragte Chase.

Sie lauschte dem klingelnden Telefon an ihrem Ohr. „Die Chance besteht immer, aber das ist verdammt unwahrscheinlich."

D.J.s Stimme drang durch die Leitung. Es dauerte nur sechzig Sekunden, um zu erklären, was sie gefunden hatten, und aufgefordert werden, zu warten, bis er bei ihnen ankam. Hungrig oder nicht, alles, was sie jetzt tun konnten, war sich hinzusetzen, zu essen und zu warten.

Ein unerwartetes Aufgebot an Gedanken spielte sich in Chase' Kopf ab. Was wäre, wenn Grace allein hierhergekommen wäre? Was, wenn der Typ, der diese Zigaretten geraucht hatte, immer noch in der Nähe wäre und die Herde beobachten würde? Was, wenn der Typ Grace etwas antun würde? Plötzlich war Chase' friedliche Stadt nicht mehr so sicher, wie er gedacht hatte.

Er und Grace gingen die kurze Strecke zum Truck zurück, ließen ihre Pferde in der Nähe und machten es sich zum Mittagessen im Schatten des großen Anhängers gemütlich. Tante Eileen hatte eine Kühlbox mit ein paar Sandwiches gepackt, die dick genug mit Aufschnitt belegt waren, um in einem New Yorker Delikatessenladen serviert zu werden. Außerdem gab es Obst, Chips und selbstgebackene Kekse, die den besten Bäckereien zu Hause den Rang ablaufen konnten.

„Du siehst schrecklich nachdenklich aus." Grace

nahm den letzten Bissen von ihrem Sandwich.

„Ich versuche zu entscheiden, ob ich deiner Tante jetzt einen Antrag machen oder warten soll, bis sie herausfindet, dass ich charmant und unwiderstehlich sein kann."

Grace blickte ihn durch ihre Wimpern hindurch an und unterdrückte ein Lächeln. „Charmant und unwiderstehlich?"

„So wurde es mir gesagt." Er zog eine Schulter hoch.

Grace erwiderte das Achselzucken und riss die Tüte mit den Chips auf. „Ich würde zumindest warten, bis du dir sicher bist, dass du bleibst."

„Ich bin mir sicher."

„Stimmt. Du sagtest, du willst dir eine eigene Wohnung suchen."

„Ja." Er warf seine Serviette in die fast leere Kühlbox, holte tief Luft und blickte sich in dem meilenweiten Nichts um.

Grace zog ihre Füße an sich und schlang die Arme um ihre Knie. „Ich weiß, dass es eine große Sache ist, ans andere Ende des Landes zu ziehen und sein Leben zu ändern, aber dieser Seufzer klang noch unheilvoller."

„Bist du immer so aufmerksam?"

„Ich bin gut darin, Menschen zu lesen."

„Ich weiß, dass du nicht als Anwältin praktizieren willst, aber du wärst eine großartige Prozessanwältin."

Sie zuckte mit den Schultern. „Warum also der Seufzer?"

„Das ist eine lange Geschichte."

„Es ist ein großes County. D.J. wird noch eine Weile brauchen."

Er verlagerte sein Gewicht und stützte sich auf die Ellbogen. „Mein Vater war Immobilienmakler. Er hat sehr hart und viele Stunden die Woche gearbeitet. Mom sagte immer, sie würde mehr von ihrem Mann sehen, wenn sie einen Arzt geheiratet hätte, anstatt meinen Vater."

Grace senkte ihr Kinn auf ihre Knie, gab aber keinen Hinweis darauf, was sie dachte.

„Ich nehme an, sie hatte in mancher Hinsicht recht. Er hat viele Schulaufführungen und Baseballspiele und Wohltätigkeitsessen verpasst, aber zumindest war er in den Ferien immer zu Hause. Meistens zumindest. Er war nicht wirklich sportlich, darum spielten wir nicht oft Ball, aber wenn er konnte, nahm er mich mit, um Grundstücke zu erkunden oder nach Bautrupps zu sehen."

„Hat dir das gefallen?"

„Ich war gerne bei meinem Vater. An einem Wochenende, ich muss ungefähr sieben Jahre alt gewesen sein, hatte ein lokaler Sender, der anfing, Wiederholungen der Andy Griffith Show zu spielen, eine Marathon-Aufführung. Dad machte Popcorn und wir sahen das ganze Wochenende lang fern. Es war die beste Zeit, die mein Vater und ich jemals zusammen verbracht haben." Er schloss kurz die Augen, dachte über seine eigenen Worte nach und richtete seinen Blick dann auf Grace. „Ich glaube nicht, dass ich das jemals jemandem gegenüber zugegeben habe."

Ein sanftes Lächeln erschien auf Grace' Gesicht. „Es ist komisch, was einem Kind am Ende viel bedeutet. Was ist mit deiner Mutter, hat sie auch mit euch zugesehen?"

„Nein. Sie fand die meisten Charaktere zu stark vereinfacht. Zu –"

„Dumm?"

„Das habe ich nicht gesagt. Jedenfalls wurde das unser Ding, die Wiederholungen zusammen anzusehen, wenn es die Zeit erlaubte. Der Traum meines Vaters war es, sich in Mayberry zur Ruhe zu setzen. Nun, an einem Ort wie Mayberry. Als die Zeit verging und ich älter wurde und sein Ruhestand näher rückte, sprachen wir gelegentlich darüber, wohin er gehen wollte und was er tun würde."

„Lass mich raten, Angeln stand ganz oben auf der Liste."

Chase lachte. „Das würde man meinen, nicht wahr?"

„Vater und Sohn pfeifen vor sich hin, während sie mit Angelruten zum See gehen. Lustige Vorstellung. Hat er nicht gern geangelt?"

„Nein, er hat nie geangelt. Ich glaube, was er wirklich wollte, war ein langsameres Tempo. Alle Nachbarn beim Namen zu kennen."

„Kannte er die Namen eurer Nachbarn nicht?"

„Die meisten schon, aber alle waren immer so beschäftigt, dass niemand jemals wirklich angehalten hat, um zu reden. Oder zu Besuch kam. Das war, was Dad wollte."

„Nun, dann wird er es lieben, dich hier zu besuchen."

Chase schluckte den Knoten herunter, der seine Kehle hinaufwanderte. „Ich glaube, das hätte er. Eines Nachts arbeitete er sehr lange. Er hatte einen Herzinfarkt. Der Hausmeister fand ihn auf seinem Rundgang, aber da war es schon zu spät."

Ihr Lächeln verschwand und Traurigkeit erfüllte ihre Augen. „Das tut mir so leid. Ich wäre am Ende, wenn ich meinen Dad verlieren würde. Wie lange ist das her?"

Er setzte sich wieder aufrecht hin, atmete schwer aus und wartete darauf, dass der vertraute Schmerz des Verlustes aufhörte, sein Herz einzuschnüren. „Kommende Woche werden es zwei Monate sein."

Grace' Augen rundeten sich überrascht und wurden dann sanfter. „Dein Verlust tut mir so leid", wiederholte sie.

„Danke." Er zog ein Bein an und legte seinen Arm auf sein Knie. „Ich schrieb gerade einige Nachrichten an die Leute aus Dads E-Mail-Verteiler, als eine Mail auf dem Bildschirm auftauchte. Es stellte sich heraus, dass Dad die zum Verkauf stehenden Immobilien im ganzen Land im Auge behalten hatte."

„In der E-Mail ging es um den Futtermittelladen?"

Er nickte. „Ich hätte fast auf Löschen gedrückt, ohne sie zu lesen, aber irgendetwas hat mich dazu gebracht, sie stattdessen zu öffnen. Nichts auf den Fotos der Main Street erinnerte auch nur im Entferntesten an die Aufnahmen von Mayberry, und doch –"

Grace zog ihre Knie näher an ihre Brust. „Du musstest kommen und es dir selbst ansehen."

„Ja, das musste ich. Meine Mutter und ihre Schwester hatten diese Reise schon Monate vor dem Tod von Dad geplant. Tante Cecilia hat Mom davon überzeugt, dass der Abstand ihr gut tun würde. Da Mom und Dad nie zusammen verreist sind, dachten wir, dass sie Dads Abwesenheit nicht so sehr spüren würde."

„Ich weiß nicht." Grace hielt inne und zog an einem Grashalm. „Meine Brüder haben mir erzählt, dass Dad lange gebraucht hat, um über den Tod meiner Mutter hinwegzukommen. Ich bin mir nicht sicher, ob ich das jemals bin."

„Wie lange ist sie schon tot?" So wie Grace' Hand erstarrte und ihr Gesichtsausdruck trübe wurde, wünschte er sich, er hätte nicht gefragt.

„Sie hat nach meiner Geburt eine Infektion bekommen. Ich weiß, es ist nicht dasselbe wie bei dir. Ich habe überhaupt keine Erinnerungen an meine Mutter. Nur das, was mir andere erzählt haben." Ihr Kopf schoss hoch. „Versteh mich nicht falsch. Ich liebe Tante Eileen. Sie hätte für mich keine bessere Mutter sein können, aber irgendwie vermisse ich meine Mutter immer noch."

Grace brauchte nichts mehr zu sagen, er hatte es verstanden. Er hatte seinen Vater sein ganzes Leben lang gehabt und doch vermisste auch er den Vater, den er nicht gehabt hatte. „Es tut mir leid." *Wirklich leid.*

In der Stille der Weide drang das Geräusch eines Motors zu ihnen, bevor man sehen konnte, woher es kam.

Grace blickte in die Richtung des leisen Dröhnens. „Das ist wahrscheinlich D.J.."

Chase stand auf, blickte sich um und hoffte, dass es keine Probleme waren, die auf sie zukamen. Er wandte sich wieder Grace zu und machte einen Schritt in ihre Richtung.

Grace sprang im selben Moment auf, in dem er sich vorbeugte, um ihr eine Hand anzubieten, wodurch sie ins Schwanken kam und beinahe umfiel.

„Hoppla." Er trat einen halben Schritt näher und legte seine Hände um ihre Arme, um sie zu stützen. Das einzige Problem war, dass sie jetzt nur Zentimeter von ihm entfernt war. Nah genug, dass er die Wärme ihres Atems spüren und die Schläge ihres Herzens zählen konnte.

Ein vernünftiger Mann hätte losgelassen. Wäre einen Schritt zurückgetreten. Hätte das Feuer in ihren tiefblauen Augen ignoriert. Sich an den Motor erinnert, der sich schnell näherte. Was von seinem Verstand übrig war, wusste das. Verstand es. Zu dumm nur, dass sein Mund seinen eigenen Kopf hatte.

KAPITEL ELF

Eine Hälfte von Grace' Verstand schrie *Gefahr, Gefahr*, während die andere Hälfte dachte, *oh verdammt, ja*. Bevor sie sich entscheiden konnte, ob sie flüchten oder sich fallen lassen sollte, tanzten weiche, feste Lippen über ihre. Der sanfte Druck und die Leichtigkeit weckten in ihr die Sehnsucht, ihre Arme um seinen Hals zu werfen und sich eng an ihn zu schmiegen, begierig danach, mehr zu kosten.

Ein leises Stöhnen schwebte zwischen ihnen – ihres, seines, wer konnte das sagen. Die Luft dröhnte um sie herum und die klare Seite ihres Verstandes erinnerte sie daran, dass das Grollen nicht die Luft war, sondern ein Auto. Das sich nähernde Auto ihres Bruders. Aber dumm, wie sie war, wollte sie immer noch nicht aufhören.

„Grace", murmelte Chase gegen ihre Lippen. Er löste seinen Griff um ihre Hüften, trat einen Schritt zurück und holte tief Luft. „Das hätte ich wahrscheinlich nicht tun sollen, aber ..." Ein langsames, sanftes Grinsen hob seine Mundwinkel zu einem schiefen Lächeln. Einem sehr verführerischen schiefen Lächeln. „Ich werde mich nicht entschuldigen."

Wenn sie ein Pfau gewesen wäre, hätte sie ihre Federn ausgebreitet und wäre über das Feld stolziert.

Ein Geländewagen der Polizei hielt hinter dem Anhänger, und D.J. stieg aus. „Was ist los?"

Für den Bruchteil einer Sekunde überkam sie die Panik, von ihrem älteren Bruder in den Armen – den wirklich schönen Armen – eines Mannes, den sie kaum kannte, erwischt worden zu sein. Die beiläufige Art, wie ihr Bruder zu ihr hinüberspazierte, verriet Grace jedoch, dass er den Kuss weder gesehen noch bemerkt hatte. Und das war auch gut so. Sie hatte keine Ahnung, was zum Teufel zwischen ihr und Chase vor sich ging; es jemand anderem zu erklären, wäre also mehr als schwierig. Gerade jetzt kam es ihr recht, ihre Gedanken auf einen möglichen Viehdiebstahl zu lenken.

Chase drehte sich als erster um und stellte sich D.J.. „Drüben am Zaun."

Es dauerte ein paar Takte, bis Grace sich wieder gefasst hatte und den beiden Männern zurück zu der Stelle folgte, an der sie Hinweise auf einen potenziellen Eindringling gefunden hatten. Es war nicht ihre Art, wegen eines bloßen Kusses so sprachlos zu sein, doch das war sie. Und noch überraschender für sie war, dass sie es wiederholen wollte.

Drüben am Zaun packte ihr Bruder, schneller als sie gedacht hatte, die Zigarettenkippen in eine Beweismitteltüte, und die drei sahen sich noch einmal in der Gegend um, ob es noch weiteren Anzeichen für zweibeinige Lebewesen gab. Da sie keine weiteren Hinweise auf Eindringlinge in der Nähe fanden, war D.J. ebenso verhalten wie sie beide, anzunehmen, dass dies irgendetwas mit den vermissten Kühen zu tun hatte. „Ich habe keine Ahnung, wie lange die Kippen schon hier sind", sagte D.J., „und ich bin auch nicht bereit, eine wilde Vermutung anzustellen."

Für Grace war klar, dass sie nicht allzu lange im Freien gelegen haben konnten, da sie sonst in schlechterem Zustand gewesen wären, aber angesichts der Tatsache, dass es in den letzten Jahren immer seltener geregnet hatte, war sie nicht bereit, Vermutungen anzustellen. Sich um ihre eigenen Angelegenheiten kümmernd und ihre Gedanken für sich behaltend, lud sie die Pferde in den Anhänger, während D.J. den Ort ein letztes Mal absuchte.

„Sonst nichts", seufzte D.J. praktisch.

Grace legte eine Hand auf den Arm ihres Bruders. „Vielleicht ist es nichts weiter als ein paar Kinder, die einen ruhigen Ort gesucht haben, um nicht beim Rauchen erwischt zu werden."

„Vielleicht." Er wirkte nicht sehr überzeugt.

„Was ist mit Dale? Irgendwelche Neuigkeiten über ihn?"

„Immer noch stabil, aber schon lange genug, dass die Ärzte jetzt hoffnungsvoller sind."

„Gut." Grace trat mit einem Lächeln zurück. „Gut."

Grace wusste nicht, ob es die Zigaretten oder Dale waren, die die Besorgnis auf sein Gesicht zeichneten.

D.J. machte sich in Richtung seines SUVs auf. „Ich folge euch zurück zur Ranch. Ich möchte mit Finn sprechen. Und Connor auch." Er drehte sich um und blieb neben Chase stehen. „Willst du mit mir zurückfahren?"

Chase warf ihr einen Blick von der Seite zu. Sie konnte fast seine Gedanken lesen, die das Für und Wider abwägten, nicht auf engstem Raum mit ihr zur Ranch zurückzufahren. Sie hingegen hatte nichts zu bedenken. Sie wäre froh, ein wenig Zeit zu haben, um ihren Kopf von dem Kuss und den prickelnden Empfindungen, die immer noch in ihr summten, freizubekommen. „Nur zu, dann könnt ihr zwei euch anfreunden."

D.J. verdrehte kurz die Augen, bevor er seine Sonnenbrille aufsetzte und sie mit der ernsten Miene eines Polizeichefs ansah.

Als sie allein zur Ranch zurückfuhr, prallten die

verschiedenen Dinge, die sie und Chase in den letzten paar Tagen gesagt und erwähnt hatten, in ihrem Kopf aufeinander und traten kurz darauf wieder in den Hintergrund, als die Erinnerung an den Kuss vor ein paar Minuten sich wieder in den Vordergrund drängten. Wenn sie das Gefühl von Chase' Mund auf ihrem nicht abschütteln konnte, wenn er nicht in ihrer Nähe war, hatte sie nicht die leiseste Ahnung, wie zum Teufel sie diese lebhafte Erinnerung ignorieren sollte, wenn er wieder neben ihr stehen würde. Und das noch dazu vor ihrer Tante. Einer Frau mit Instinkten, die schärfer waren als die einer Bärenmama, und die eine gefährliche Vorliebe für Kuppelei hatte. Als sie bei der Ranch anhielt, hatte Grace beschlossen, dass Entscheidungen stark überbewertet wurden. Man sagte nicht umsonst *Lass es auf dich zukommen* und da es so aussah, als wäre dieser Stadtjunge wohl erzogen und mittlerweile auch ein wenig ländlich geworden, würde sie genau das tun. Es auf sich zukommen lassen.

Mit den Schlüsseln in der Hand hatte sie einen Fuß vor den Truck gesetzt, als D.J. neben ihr auftauchte. „Sieht so aus, als wäre Finn in der Scheune. Wenn du zu Hannah hineingehen willst, kann ich mich um dein Pferd kümmern."

„Ist Dad auch dort?"

D.J. nickte.

„Ihr seid unmöglich." Sie sprang aus dem Truck und knallte die Tür hinter sich zu. „Ihr wollt nicht, dass Tante Eileen erfährt, dass es ein potenzielles Problem mit Viehdieben gibt, nicht wahr?"

„Alles, was wir wissen, ist, dass die Zahlen nicht ganz stimmen. Es macht keinen Sinn, sie zu beunruhigen."

Sie blieb Kopf an Kopf mit ihrem Bruder stehen. „Tante Eileen ist kein zartes Blümchen, das beschützt werden muss. Ihr habt dasselbe getan, als Brittany vor eurer Türschwelle gelandet ist. Damit ist sie auch zurechtgekommen, also wird sie mit dieser Nachricht auch umgehen können." Grace stach ihren Finger in die Brust ihres Bruders. „Ich überlasse es dir, dich um die Pferde zu kümmern und es Mr. Futterladen zu zeigen, aber wenn ihr fertig seid, kommen alle zurück ins Haus, um das mit Tante Eileen zu besprechen."

So wie sich D.J.s Kiefer verkrampfte, war ihr klar, dass er das nicht wollte, aber die Resignation in seinen Augen sagte ihr, dass er genau wusste, dass sie Recht hatte. Das war nicht das letzte Jahrhundert. Frauen mussten nicht vor der Realität beschützt werden.

„Einverstanden", platzte sie heraus, da sie es leid war, auf seine Antwort zu warten.

D.J. gab keinen Laut von sich, nickte lediglich und ging mit Chase davon.

„Machos", murmelte sie leise und stampfte auf die Veranda. Sie atmete tief ein, drehte den Knauf und ging sanfteren Schrittes zu den anderen in die Küche.

„Oh Gott, daran habe ich nicht gedacht." Die Ellbogen auf den Tisch gestützt, zwei Finger an ihrer Schläfe reibend, saß Connors Frau Catherine da und starrte auf einen Stapel Papiere.

Hannah setzte sich gerade mit einer großen Tasse Kaffee in der Hand auf einen Stuhl ihr gegenüber. „Die Logistik kann ein Albtraum sein."

„Das verstehe ich", murmelte Catherine.

Hannah blies über den Becherrand. „Dann gibt es noch das Problem des Temperaments."

„Wessen Temperament?" Tante Eileen kam mit mehreren Dosen aus der Speisekammer. „Unmöglich das von Connor. Es gibt keinen besseren Mann, mit dem man zusammenarbeiten kann."

„Das der Pferde." Hannah blickte auf. „Nur weil ein Pferd beim Reiten fügsam ist, heißt das noch lange nicht, dass es ein gutes Therapiepferd ist. Besonders für körperlich eingeschränkte Menschen. Manche Pferde sind zu sensibel. Sie verändern ihre Gangart, damit der Reiter nie all seine Muskeln nutzen muss, um das Gleichgewicht zu halten …"

„Was den Zweck zunichtemacht." Catherine stieß einen weiteren Seufzer aus. „Connor und ich arbeiten an hochmodernen Einrichtungen für Kinder mit körperlichen Behinderungen, aber wir haben die Eltern nicht berücksichtigt."

„Oder die Pfleger", fügte Hannah hinzu.

Tante Eileen stand mit einem Dosenöffner in der einen und einer Dose in der anderen Hand da. „Wieso hat das keiner von uns in Betracht gezogen?"

„Seid nicht zu hart zu euch selbst. Die meisten Leute, die noch nie mit einer Behinderung zu tun hatten, unterschätzen, was alles damit verbunden ist."

„Wie beim Führen einer gemeinnützigen Organisation. Ich hatte erwartet, dass es verdammt lästig sein würde alle Anträge einzureichen, aber dass das Ziel die Mühe wert sein würde. Es hat sich herausgestellt, dass das Ganze ein bürokratischer Sumpf ist und es Zeit kostet, die ich nicht habe. Und jetzt können wir nicht einmal das tun, was wir uns vorgenommen haben."

„Warum nicht?" Grace wusste, dass Catherine eine verdammt gute Prozessanwältin war und noch dazu schlau genug, um die Herausforderungen einer gemeinnützigen Organisation zu meistern, weshalb sie das aktuelle Problem nicht ganz verstand.

„Pferdetherapie-Camps für einkommensschwache Kinder und Jugendliche mit Problemen sind eine großartige Idee für eine ambulante Therapie", erklärte Hannah, „aber wenn es um einen längeren Aufenthalt geht, ist es plötzlich nicht mehr so einfach."

„Ich denke, wir müssen das überdenken." Catherine presste die Lippen fest zusammen und schüttelte, immer noch auf die Pläne starrend, ganz leicht den

Kopf. „Ich wollte einfach mehr Kindern wie Stacey helfen. Kindern, deren Eltern aufgrund traditioneller Therapie die Hoffnung verloren haben. Oder die überhaupt keine Hoffnung hatten."

„Stacey hatte keine körperliche Behinderung." Grace stellte das Offensichtliche fest.

Hannah nickte mit dem Kopf. „Genau mein Punkt."

Stille hing in der Luft. Tante Eileen starrte die drei Frauen am Tisch an und hatte aufgehört, Dosen zu öffnen. Hannah umklammerte ihre Tasse, machte aber keine Anstalten, weiter zu trinken. Konzentriert auf die Pläne vor ihr, sah Catherine absolut elend aus. Und Grace hatte nichts Produktives hinzuzufügen. Es war, als ob sie und die anderen zusahen, wie Catherines Traum zerbröckelte. Was sie wegen des kleinen – okay, des atemberaubenden – Kusses von einem heißen Kerl, der all die Dinge wollte, die sie die letzten sieben Jahre lang gemieden hatte, machen sollte, schien plötzlich keine so große Sache mehr zu sein.

„Nun, zumindest ergibt der Ausdruck *hart geritten und nass wegpackt* für mich jetzt viel mehr Sinn." Chase hatte nicht einmal die geringste Ahnung davon gehabt, was es bedeutete, sich nach einem Ausritt um ein Pferd zu kümmern. Als typischer Stadtmensch hatte er das Gegenteil davon erwartet, das Tier aus dem Stall zu holen. Aufsatteln, um einen Ausritt zu machen, und absatteln, nachdem man nach Hause gekommen ist. Nirgendwo in seinen Erwartungen waren gehen, bürsten, füttern, tränken oder reinigen der Hufe ins Spiel gekommen. Obwohl er erfahren hatte, dass die Pferde von Grace und ihm keine Auslaufzeit auf der Koppel brauchten, da das Reiten entlang der Zaunlinie langsam und kaum anstrengend gewesen war, war das bei den Pferden von Finn und dessen Vater anscheinend nicht der Fall. Ihre waren ins Schwitzen gekommen und noch feucht, als sie zur Scheune zurückgekehrt waren. Da sie nicht wollten, dass die Tiere irgendeine der Krankheiten entwickeln, die man ihm erklärt hatte, angefangen bei Gelenkentzündungen bis hin zu Koliken und bakteriellen Infektionen, mussten die Pferde wie ein Läufer nach einem Rennen erst einmal langsam herunterkommen.

„Was jetzt?" Mit fest zusammengepressten Lippen und nachdenklichen Augen wandte Sean Farraday seinen Blick von dem Beutel mit den Beweismitteln zu seinem Sohn, dem Polizeichef.

„Ich schicke die Zigarettenstummel zur Analyse ins Labor und wir sehen, was zurückkommt." D.J. wandte seinen Blick zu seinem Bruder und dann wieder zurück zu seinem Vater. „Während ich warte, werde ich ein wenig mit ein paar anderen Ranchern plaudern und vielleicht reite ich selbst ein oder zwei Zäune in der Nähe der Hauptstraßen ab. Mal sehen, ob ich noch etwas Verdächtiges entdecke."

Der Farradaypatriarch nickte und schlug seinem Sohn auf die Schulter. „Klingt gut. Sag uns Bescheid, wenn du Hilfe bei den Zäunen brauchst."

„Danke, aber noch nicht. Ich will niemanden beunruhigen."

„Weißt du, Ken Brady hat mir vor ein paar Wochen im Café etwas erzählt. Deshalb haben wir uns genauer umgesehen."

„Ich erinnere mich. Ich fange bei ihm an."

„Also, wer wird Tante Eileen die Neuigkeiten überbringen?", fragte Finn.

„Nein, noch nicht", sagte Sean leise und schüttelte den Kopf. „Ich will mehr wissen, bevor wir sie aufregen."

Chase hatte fast Lust, sich einen Stuhl heranzuziehen, um sich hinzusetzen und den Rest der Unterhaltung zu beobachten. Wenn Grace seine Schwester gewesen wäre, würde er jetzt anfangen, für sie einzutreten. Aber die Tatsache, dass er ihr zustimmte, war irrelevant. Wichtiger war, ob D.J. ihr zustimmte oder nicht. Oder was Finn dachte. Gerade stand es eins für Grace und eins für ihren Vater.

„Diesbezüglich", D.J. räusperte sich. „Grace will ihr das nicht verheimlichen. Ich denke, wenn wir es nicht erwähnen, wird Grace es tun."

„Sie hat Recht", Finn zuckte mit den Schultern. „Tante Eileen ist weder eine dumme alte Frau noch ein naiver Teenager. Ich habe keine Lust, wieder eine Schimpftirade abzubekommen, wenn sie herausfindet, dass wir ihr etwas so Wichtiges vorenthalten haben."

„Außerdem", wandte sich D.J. an seinen Dad und deutete bereits an, auf wessen Seite er stehen würde, „sind wir uns bisher über nichts sicher. Es besteht keine unmittelbare Gefahr. Keine Bedrohung für Tante Eileen oder irgendjemanden hier im Haus. Aber der Verdacht reicht aus, dass wir Augen und Ohren offenhalten sollten."

Sean Farraday schüttelte den Kopf. „So wie ich sie kenne, steigt sie sofort auf ein Pferd und geht auf die Jagd."

„Und warum genau ist das ist eine schlechte Sache?" Finn verschränkte die Arme.

Chase liebte diesen familiären Dialog. Da er als Einzelkind aufgewachsen war, hatte er keine Erfahrung mit so etwas. Und ehrlich gesagt hatte auch keiner seiner Freunde eine so bodenständige Familie. Er fragte sich, ob Grace es schätzte, solch eine eng verbundenen Familie zu haben. Oder wusste, wie sehr ihre Brüder sie respektierten, um auf ihrer Seite zu kämpfen. Eine vielsagende Geste, wenn man bedachte, dass sie die

Jüngste und noch dazu ein Mädchen war. Nicht, dass es hier draußen eine Rolle zu spielen schien. Bisher hatte er den deutlichen Eindruck gewonnen, dass Gleichberechtigung im ländlichen Westen, wo alle alles teilten, weitaus weniger ein Thema war als in der Stadt, wo Frauen ständig gegen diese unsichtbare Barriere ankämpfen mussten.

„Finn hat Recht", warf D.J. ein. „Du hast Grace heute allein die Zaunlinie abreiten lassen."

„Entschuldigung", Chase hob einen Finger und versuchte die angespannte Atmosphäre etwas aufzulockern, „sie war nicht ganz allein."

„Du weißt, wie man eine Waffe benutzt?", entgegnete D.J. toternst.

Chase schüttelte den Kopf.

„Dann hätte sie genauso gut allein sein können." D.J. wandte sich wieder seinem Vater zu. „Also, wie sieht es aus?"

Die Muskeln am Kinn des älteren Mannes zuckten unzufrieden. Die Entscheidung fiel ihm nicht leicht.

„Du weißt, dass wir zu deiner Entscheidung stehen werden, Dad", sagte Finn, „aber ich denke, Grace hat recht. Tante Eileen muss nicht vor dem Leben beschützt werden."

Ihr Vater stieß einen langen Seufzer aus. Chase war sich ziemlich sicher, dass er sah, wie sich die Muskeln des Mannes vor Anstrengung anspannten. „Nun gut. Ihr seid alle alt genug, um mitreden zu dürfen. Drei zu eins scheint ziemlich eindeutig zu sein."

„Bist du sicher?", fragte D.J., während sein Bruder nickte.

„Ja", seufzte ihr Vater. „Mir gefällt es vielleicht nicht, aber das heißt nicht, dass ihr nicht recht habt."

Und so gingen die Männer von der Scheune zum Haus zurück. Chase' Mutter würde es ihm wohl nicht glauben, aber vielleicht hatte er sein Mayberry und noch dazu eine Ponderosa-Familie gefunden.

KAPITEL ZWÖLF

Von ihrem Standort in der Küche aus konnte Grace sehen, wie die Männer aus der Scheune kamen. Ihr Herz hatte keinen Grund zu rasen. Es war nur ein Kuss gewesen. Und die Tatsache, dass sie es so gerne noch einmal machen wollte, war der Hauptgrund, warum sie es nicht tun sollte. Sie hatte einen Plan. Einen guten Plan. Auch wenn er vielleicht etwas Feinjustierung brauchte. Chase Prescott war zu verlockend für ihr eigenes Wohl. Ein paar Monate auf der Ranch zu bleiben, um für die Anwaltsprüfung zu lernen, sah immer weniger nach einer guten Idee aus. Sie sollte ihre Mitbewohnerin besser wissen lassen, dass sie nach der Hochzeit nach Hause kommen würde, um zu lernen.

„Oh je. Ich glaube, er wird gehen." Tante Eileen drehte das Wasser ab, schnappte sich einen Spüllappen, um sich die Hände abzuwischen, schlurfte durch die Küche und stieß die Hintertür auf. „Ihr lasst unseren Gast doch nicht ohne Abendessen gehen, oder?"

Ein Ausdruck, der einem Tag nach einem Börsencrash ähnelte, verschwand aus dem Gesicht ihres Vaters und ein sanftes Kichern und ein süßes Lächeln nahmen seinen Platz ein. „Natürlich nicht Eileen."

Chase sah ihren Vater an, als hätte er zum ersten Mal davon gehört, zum Abendessen zu bleiben, doch als er sich wieder dem Haus zuwandte, lächelte er genauso breit wie ihr Vater. Die Hintertür öffnete sich quietschend und einer nach dem anderen drängten die Männer herein, wobei jeder außer unser Großstadtheld seinen Hut an einen Haken hängte. Chase warf einen Blick auf einen leeren Haken und sie konnte fast sehen, wie sich die Rädchen in seinem Kopf drehten. Wie dumm würde er wohl mit einem Stetson aussehen? Leider war die Antwort, die ihr durch den Kopf rauschte, nicht die erwartete, sondern: *verdammt heiß*.

„Warum schaut ihr alle so deprimiert drein?" Sean ging direkt zum Kühlschrank und goss sich sein übliches Glas Milch nach der Arbeit ein. Jahrelang hatte er das Zeug wegen Geschwüren getrunken. Inzwischen war Grace davon ausgegangen, dass er es eher aus reiner Gewohnheit als zu medizinischen Zwecken trank.

„Nur ein paar Rückschläge", antwortete Catherine. „Wir werden die Grundidee für das Therapiecamp überarbeiten müssen."

„Wie überarbeiten?" Finn holte sich ein Bier aus dem Kühlschrank in der Speisekammer.

„Die Unterbringung behinderter Kinder und ihrer Eltern oder Betreuer wird eine kostspielige Herausforderung."

D.J. nahm das Bier, das ihm sein Bruder reichte, mit leicht zusammengekniffenen Augen entgegen. „An was genau denkst du? Psychische Behinderungen? Autismus?"

„So ungefähr." Hannah sah ihn nachdenklich an. „Autistische Kinder kommen selten gut mit Veränderungen zurecht. Sie einfach in eine fremde Stadt mit Menschen zu schicken, die sie nicht kennen, könnte traumatisierend für sie sein."

D.J. nickte. „Natürlich. Daran habe ich noch gar nicht gedacht.

„Verstehst du, was ich meine?" Catherine sammelte alle Papiere ein und schob sie in eine Mappe.

D.J. nahm einen großen Schluck und stellte die Flasche dann hinter sich auf die Theke. „Was ist mit Erwachsenen mit PTBS?"

Catherines Kopf schoss hoch.

„Marines", meldete sich Hannah. „Wir arbeiten mit einigen Veteranen zusammen. Es ist nicht nur mit PTBS. Viele kommen mit einer Vielzahl von Verletzungen nach Hause, bei denen Pferdetherapie hilfreich sein kann."

Zum ersten Mal, seit Grace durch die Tür gekommen war, zeigte sich in Catherines Gesichtsausdruck wieder ein Hoffnungsschimmer.

Aber durch den stählernen Blick, mit dem D.J. die beiden Frauen am Küchentisch anstarrte, wusste Grace genau, was er dachte. „Dale? Du denkst daran, Polizisten mit PTBS zu helfen."

D.J. nickte, drehte sich zur Seite, um die Flasche anzuheben, und kratzte, ohne einen Schluck zu nehmen, an dem feuchten Etikett herum. „Sowas in der Art."

Ihr Cousin Jamie stand an der Hintertür und trat seine Stiefel sauber. „Ich denke, das ist eine großartige Idee."

„Ich auch." Connor drückte sich an seinem Cousin vorbei, um seinen Hut aufzuhängen.

„Der Dreck steht dir gut, Junge." Sean lächelte seinen Neffen an. „Wann wirst du diesen Job in der Stadt aufgeben und nach Hause kommen, um deinem Vater zu helfen?"

Jamie setzte dasselbe träge Lächeln auf, das alle Farraday-Männer besaßen. „Nein. Für einen Tag im Stall mit meinem Lieblingscousin ist das okay –"

„Ich dachte, ich wäre dein Lieblingscousin." D.J. verkniff sich ein Lächeln.

Jamie holte ein Bier aus dem Kühlschrank und winkte Connor dann mit einem weiteren in der Luft zu.

Als sein Cousin den Kopf schüttelte, stellte er das zweite Bier zurück und öffnete sein eigenes. „Ich habe viele Lieblingscousins."

„Ein Charmeur wie er leibt und lebt." Tante Eileen rutschte hinüber und gab ihrem Neffen auf Zehenspitzen ein Küsschen auf die Wange. Es spielte keine Rolle, dass sie nicht wirklich verwandt waren, nicht einmal durch Heirat. Für Tante Eileen gehörten alle Farradays zur Familie. „Müsst ihr wirklich morgen wieder zurück?

Jamie legte einen Arm um Tante Eileen. „Leider ja. Ich stehe für Donnerstagabend im Schichtplan."

„Und wenn ich meinen Job behalten will, muss ich morgen Nachmittag zurück sein", fügte Hannah hinzu. „Also werden wir mit dem Rest der Familie bei Tagesanbruch aufstehen und verschwinden."

„Vielleicht brauchen wir eine Bar hier in der Stadt", schlug Chase vor. Mehrere erschrockene Köpfe drehten sich zu ihm um. „Oder vielleicht auch nicht."

„Eigentlich", Finn setzte sich an den Tisch, „bist du nicht der erste, der vorschlägt, dass wir einen Platz brauchen, um uns ein Bier zu gönnen oder das Tanzbein zu schwingen, ohne nach Butler Springs fahren zu müssen."

„Eigentlich dachte ich an ein nettes Restaurant, aber ich kann mir vorstellen, dass eine Bar mit Tanzfläche noch besser laufen würde."

Jamie lachte und schüttelte den Kopf. „Das möchte ich erleben."

D.J. zuckte mit den Schultern. „Man kann nie wissen. Die Prohibition wurde vor langer Zeit aufgehoben."

Darüber lachten fast alle am Tisch. Nicht, dass es einen Unterschied machen würde. Der Stadtrat war ziemlich festgefahren.

„Solange wir weitere Leute in die Stadt bringen",

ihr Vater nahm neben Finn Platz, „ist Chase hier bereit, Wurzeln zu schlagen."

„Und der Kauf eines Futtermittelladens hat nicht gezeigt, dass er hier Wurzeln schlagen will?", neckte Tante Eileen.

„Nun ja", Finn lächelte, „aber er kann nicht ewig im Bed-and-Breakfast wohnen. Wir haben in der Scheune geredet und das hat mich zum Nachdenken gebracht." Er blickte D.J. an. „In welchen Zustand ist das alte Haus des Vorarbeiters auf Adams Grundstück?"

„Das Krankenhaus?", fragte Catherine. „Oder meinst du die Wohnung über der Klinik?"

„Moment mal", D.J. beugte sich mit einem übertrieben überraschten Gesichtsausdruck vor. „Zieht meine Verlobte aus der Wohnung aus und ich weiß es nicht?" Natürlich scherzte er. Er und alle anderen am Tisch wussten verdammt genau, dass er nach der Hochzeit mit Becky zusammenziehen würde.

„Wartet." Chase hatte seine Aufmerksamkeit bei jedem Vorschlag von Person zu Person gelenkt und hob nun die Hand. „Krankenhaus? Klinik? Wisst ihr etwas, was ich nicht weiß?"

„Entspann dich", sagte Grace mit einem Grinsen, „Adam und Ethans Verlobte, Allison, bauen gerade ein Anwesen aus der Zeit vor dem Bürgerkrieg in ein Krankenhaus für die Einheimischen um. Das Land verpachten sie an Viehzüchter, aber sie haben noch nicht entschieden, was sie mit dem Haus des Vorarbeiters machen sollen."

Chase' Gesicht leuchtete vor Interesse auf. „Wo ist es?"

„Nicht weit von der Stadt entfernt", sagte D.J.. „Aber ich habe es seit Ewigkeiten nicht mehr aus der Nähe gesehen."

„Ich bin sicher, Adam hat nichts dagegen, wenn du

es dir ansiehst", mischte sich Tante Eileen ein und wandte sich dann an Grace. „Wir werden morgen im Café Karten spielen –"

„Wann wurde das entschieden?", unterbrach Grace ihre Tante. Sie wusste nicht was oder warum, aber sie roch einen überaus verdächtigen Braten.

„Erst vor kurzem, Liebes. Aber du kannst den Schlüssel von Adam abholen und dann mit Chase hinfahren." Grinsend wie die sprichwörtliche Katze vor der Schüssel Sahne, wandte sich ihre Tante an Chase. „Findest du nicht, dass das eine ausgezeichnete Idee ist?"

Mit etwas zu weit aufgerissenen Augen blickte Chase kurz zu Grace und dann wieder zu Tante Eileen. „Ja, ich muss mich mit Andy absprechen –"

„Oh, Andy ist begeistert, zusätzliche Arbeit zu haben. Er hat damit sicher keine Probleme, das kann ich dir versichern." Tante Eileen richtete ihre Aufmerksamkeit wieder auf den köchelnden Topf auf dem Herd. „Tolle Idee, Finn."

Finn blickte zu Grace und zuckte mit den Schultern. D.J. unterdrückte ein Lächeln. Connor nickte und im Mittelpunkt des Ganzen wirkte Chase allzu zufrieden. Grace kam nicht umhin zu denken, dass es ihr nicht schnell genug gehen konnte, diese Hochzeit hinter sich zu bringen und nach Dallas zurückzukehren.

Für Chase war der atemberaubende Sternenhimmel bei der nächtlichen Fahrt von der Ranch zurück in die Stadt ein buchstäblicher Lichtblick. Jeden Abend wechselte der klare Himmel von West-Texas von einem tiefen Blau zu einem tiefen Schwarz. Die Sterne funkelten wie Diamanten auf Samt. Es waren so viele helle

Lichter, dass der Himmel fast weiß schimmerte. Ein unglaublicher Anblick.

„Du würdest es hier lieben, Dad." Alles in ihm wünschte sich, sein Vater wäre noch hier, um diesen Moment mit ihm zu teilen. An dem Tag, an dem sein Vater starb, hörte Chase auf, das große Geld zu jagen. Er hatte alles über Geschäfte, harte Arbeit und Träume von seinem Vater gelernt. Und wie das eine ohne das andere nicht viel wert war. „Grace würde dir auch gefallen."

Der Ausdruck auf ihrem Gesicht, als dieser Hund sie gegen das Verkaufsdisplay aus Pappe stieß, war unbezahlbar. Die Reaktion, als ihre Brüder erklärten, der Hund sei der Streuner, dem die ganze Stadt zugeschrieb, dass er ihre Brüder und ihre Frauen zusammengebracht hatte, war doppelt so einprägsam. Aber sein Lieblingsgesicht unter ihren vielen Gesichtern war der benommene Ausdruck an diesem Nachmittag, als er sie geküsst hatte. Es würde ihm nichts ausmachen zu sehen, welches Gesicht sie machen würde, wenn er sie noch einmal küsste. Diesmal ohne Chance auf Unterbrechung.

Die Lichter von Tuckers Bluff kamen in der Ferne näher und seine Gedanken wanderten zu diesem Ort, den Brooks umbaute. Abgesehen von den paar Malen, die er zur Farraday-Ranch gefahren war, hatte er die Umgebung der Stadt nicht wirklich erkundet. Neugierde ließ ihn beinahe die Abzweigung zum Bed-and-Breakfast ignorieren und quer durch die kleine Stadt weiterfahren, um das Grundstück des Krankenhauses zu suchen. Doch ein anderer Teil von ihm freute sich ernsthaft darauf, es zusammen mit Grace zum ersten Mal zu sehen. War das nicht eine interessante Wendung? Nach all den Jahren hatte er endlich jemanden gefunden, der ihn auf millionenfache Weise faszinierte, und sie war genauso begierig darauf, die

Stadt zu verlassen, wie er es war, sich hier niederzulassen.

Als er in die Einfahrt des Bed-and-Breakfast bog, warf er einen letzten Blick auf die Sterne. Der Plan war gewesen, Brooks anzurufen, um über das Grundstück zu sprechen, aber wenn er sich bei dem Auto vor ihm nicht irrte, sah es so aus, als wäre das Gespräch zu ihm gekommen. Mehr aus Gewohnheit als aus Notwendigkeit schloss er die Autotür ab und ging die Verandastufen hinauf ins Haus. Adam und Meg kuschelten sich auf das übergroße Sofa im zwanglosen Wohnbereich. Brooks und Toni saßen auf dem Zweiersofa gegenüber.

Meg entdeckte ihn als Erste und richtete sich auf. „Wie war der Arbeitstag auf der Ranch?"

„Sehr informativ." Er zögerte, da er nicht stören wollte, doch wollte er unbedingt über das Haus sprechen.

Brooks beugte sich vor und gab Chase ein Zeichen, Platz zu nehmen. „Finn hat angerufen."

Chase hätte wissen müssen, dass die Brüder ihm den Weg bereiten würden.

„Er sagte, dass du bereit bist, dich dauerhaft hier niederzulassen."

Er warf Adam und Meg einen Blick zu. „Nichts gegen das Bed-and-Breakfast –

„Natürlich nicht. Du kannst hier nicht ewig leben." Meg stand auf. „Hast du Platz für den Nachtisch gelassen?"

Adam wandte sich an seine Frau. „Machst du Scherze?"

Sie hob die Hand und sagte: „Macht nichts, Adam hat Recht. Was habe ich mir dabei gedacht? Wie wäre es mit einem Kräutertee?"

„Das wäre toll." Chase nickte, als Meg auf Brooks und Toni deutete.

„Keinen für mich", sagte Brooks.

Toni schüttelte den Kopf. „Für mich auch nicht."

„Dann nur drei Tassen."

Chase sah Meg nach, als sie das Zimmer verließ, und fragte sich, ob er seine Eltern jemals so glücklich zusammen gesehen hatte wie die Paare in der Familie Farraday.

„Denk nicht einmal dran, sie ist vergeben." Das Funkeln in Adams Augen beruhigte Chase und sagte ihm, dass die Bemerkung nur ein Scherz war.

„Sorry."

Lächelnd winkte Adam ab und bestätigte, dass der Kommentar nur neckend gemeint war.

Brooks legte seine Unterarme auf seine Ober-schenkel. „Das Haus des Vorarbeiters ist in einem ziemlich schlechten Zustand. Es ist seit Jahrzehnten verlassen."

„Was sind deine Pläne dafür?"

„Wir haben eigentlich keine. Toni und ich haben darüber nachgedacht, ob wir es vielleicht für uns behalten, aber wir haben uns entschieden, lieber etwas Größeres zu bauen. Die andere Option war, es für Arztpraxen oder ähnliches zu nutzen, falls das Krankenhaus überfüllt ist, obwohl das höchst unwahrscheinlich erscheint."

„Also würdest du erwägen, es zu verkaufen?" Jetzt begann seine Aufregung wirklich zu wachsen.

Brooks nickte und lehnte sich wieder zurück. „Vielleicht. Es ist weit genug weg, dass jeder seine Privatsphäre hätte, aber es ist nah genug an der Hauptstraße, dass wir leicht ein eigenes Grundstück daraus machen könnten. Was schwebt dir vor, fünf, zehn Morgen?"

Fünf. Zehn. „Ähm, eigentlich dachte ich, einer wäre riesig."

Adam lachte. „Ich nehme an, wenn es in der Stadt

wäre, wäre es das. Bist du sicher, dass du nicht lieber etwas hier in der Stadt kaufen möchtest?"

„Gibt es etwas in der Stadt?" Meg kam mit dem üblichen Holztablett mit Teekanne und Tassen herein.

„Eigentlich", Chase rutschte nach vorne, um die Tassen zu erreichen, „hätte ich nichts gegen ein nettes viktorianisches Haus wie dieses hier."

Die Brauen von Adam und Brook wölbten sich wie Spiegelbilder.

„Nun, nicht unbedingt so groß, aber etwas von architektonischem Interesse. Wie sieht das Haus des Vorarbeiters aus?

„Da muss ich dich enttäuschen", antwortete Brooks dieses Mal. „Das Ding wurde vor verdammt langer Zeit gebaut. Es ist eher im Craftsman-Stil."

„Wirklich?"

Brooks lächelte. „Wirklich."

„Würde es dir etwas ausmachen, mir die Schlüssel zu leihen?

„Das wäre schwer", sagte Meg mit einem Lächeln und schüttelte den Kopf, als Chase' Lächeln verschwand. „Das Haus hat keine Schlösser."

Brooks setzte sich wieder neben seine Frau und schüttelte den Kopf über seine Schwägerin. „Geh und sieh es dir an. Schau, ob es dir gefällt, und dann reden wir weiter."

„Vielen Dank." Chase widerstand dem Drang, wie ein begeisterter Teenager einen Luftsprung zu machen. Aus Gründen, die er nicht erklären konnte, fühlte sich der Kauf seines eigenen Hauses in diesem Mayberry-Klon realer an als alles andere, was er bisher getan hatte. „Ich denke, das ist bereits bestimmt worden. Grace soll mir morgen zeigen, wo es ist."

„Macht Sinn", Meg nickte. „Wenn du über die Probleme hinwegsehen kannst, wirst du es sicher lieben."

Die Art, wie die Augen seiner Gastgeberin funkelten, sagte ihm, dass das, was sie gerade gesagt hatte, vermutlich nichts mit einem Haus zu tun hatte.

KAPITEL DREIZEHN

„Vier Damen. Seht und weint." Eileen breitete ihre Karten auf dem Tisch aus und schaufelte den Pot ein.

„Also erklär es mir noch einmal." Sally May warf ihre Karten auf den Tisch. „Warum haben wir in letzter Minute einen Anruf bekommen, damit wir uns heute Morgen hier treffen?"

Obwohl sie zwischen der Frühstücks- und Mittagessenszeit der einzige besetzte Tisch auf dieser Seite des Cafés waren, beugte sich Eileen vor und senkte die Stimme. „Ich wollte einen Vorwand, um mit Grace in die Stadt zu fahren."

„Warum? Damit sie Immobilienmaklerin spielen kann?" Ruth Ann sammelte die restlichen Karten vom Tisch. „Ich nehme an, als Anwältin darf sie das."

„Wir könnten eine Immobilienmaklerin in der Stadt gebrauchen." Sally May schnappte sich die Hälfte der Karten, um Ruth Ann beim Mischen zu helfen.

„Oh, um Himmels willen." Dorothy schüttelte den Kopf. „Ihr solltet doch wissen, dass es um den Neuen und Grace geht."

Ruth Ann hörte auf zu mischen und starrte Eileen an. „Hast du gewettet?"

„Wen interessiert es, ob sie gewettet hat?", platzte Dorothy heraus. „Sie will sie einfach in der Nähe halten."

„Und dieses verlassene alte Haus scheint ein so

guter Ort zu sein." Eileen musste einfach grinsen. Sie liebte es, zuzusehen, wie sich ihre Babys verliebten, und bisher hatte der Hund noch keinen Fehler gemacht.

„Oh sicher," Dorothy hob die Karten ab. „Nichts geht über Dreck, Staub, Spinnweben und Feldmäuse, wenn man eine romantische Kulisse will."

„Mäuse?" Ruth Ann hörte abrupt auf die Karten auszuteilen. „Pfui."

„Hmm. Daran hatte ich nicht gedacht." Eileen hatte das Szenario vielleicht ein wenig romantisiert. Aber Grace und der neue Adonis in der Stadt hatten den größten Teil des gestrigen Nachmittags allein miteinander verbracht, und obwohl Eileen das Gefühl hatte, dass sich die beiden annäherten, brauchte es mehr – und zwar schnell. Es war nicht abzusehen, wie lange Grace noch in der Stadt bleiben würde, und wer wusste, wann sie zurückkommen würde, wenn sie wieder in Dallas war.

„Wenn du nicht mitwettest", Ruth Ann teilte eine Karte aus, „verstehe ich nicht, warum das wichtig ist. Alle anderen sind auch ohne deine Hilfe zusammengekommen."

„Stimmt nicht." Dorothy nahm die Karte. „Eileen hat sich dieses ein-bisschen-zu-krank-um-aufzustehen-Szenario für Ethan ausgedacht."

Eileen lächelte und griff nach ihren Karten. „Und es hat funktioniert."

„Ich weiß nicht", Sally May ordnete ihre Karten neu. „Ich wette, sie wären so oder so zusammengekommen. Ich meine, man kann viele Dinge manipulieren, aber man kann nicht kontrollieren, ob und wann sich Menschen verlieben."

Polly vom Cut and Curl kam durch die Eingangstür geeilt. „Mabel Berkner hat in letzter Minute abgesagt."

„Warum hast du es denn so eilig?" Abbie blieb neben dem Tisch stehen.

„Ich habe gehört, Grace zeigt dem Greenhorn das Haus des Vorarbeiters draußen bei der neuen Klinik." Polly grinste. „Ich möchte meine Wette ändern."

Abbie legte ihre beiden Finger zusammen und pfiff leise.

Mit einer Kaffeekanne in der einen und einem Kuchenteller in der anderen Hand wirbelte Shannon herum.

„Bring das Notizbuch", rief Abbie.

Shannon nickte, drehte sich wieder um, um die Tasse ihres Kunden zu füllen, stellte dann den Teller ab und rannte in die Küche. Bevor jemand blinzeln konnte, war sie wieder zurück. „Wer will mitmachen?"

„Du nimmst die Wetten an?" Dorothys Augen weiteten sich. „Ich dachte, das wäre Burts Idee gewesen?"

Shannon kicherte. „Nun, er wollte selbst einsteigen und ich war die einzige neutrale Person."

Alle Augen am Tisch richteten sich auf Abbie. „Hey, wenn der Hund mich in Chase Prescott gestoßen hätte, würde ich auch auf ihn wetten." Sie stemmte die Fäuste in die Hüften und warf einen Blick von einer der kartenspielenden Frauen zur anderen. „Nun?"

Die vier Frauen blickten einander an.

Dorothy zuckte mit den Schultern. „Grace. Sie ist zu dickköpfig."

„Ja", Sally May nickte. „Grace."

Ruth Ann schüttelte den Kopf. „Auf jeden Fall Mr. Hot Stuff."

„Ich wechsle auch von Grace zu Mr. Hot Stuff." Polly strahlte. „Mit so vielen engen Begegnungen hatte ich nicht gerechnet."

„Sieht so aus, als wären meine Nichte und ihr zukünftiger Ehemann die Einzigen in der Stadt, die neben Shannon hier noch keine Wette abgeschlossen haben."

Shannon unterdrückte ein Grinsen.

„Du machst Witze?“, murmelten mehrere Stimmen.

Shannon schüttelte langsam den Kopf und ihr Grinsen wurde breiter. „Beide.“

„Ich will verdammt sein.“ Eileen lehnte sich im Stuhl zurück. „Ich frage mich, ob einer von ihnen auf der Seite des Hundes ist.“

Alle Köpfe wandten sich Shannon zu. Ihr Gesichtsausdruck wankte nicht. „Schaut mich nicht an. Das Letzte, was ich brauche, ist, wegen Insiderhandel ins Gefängnis geworfen zu werden.“

„Ich glaube nicht, dass sich die Securities and Exchange Commission um den kleinen Wettpool unserer Stadt schert.“

Shannon zuckte mit den Achseln, trat zurück und rief über ihre Schulter. „Vielleicht, vielleicht auch nicht.“

Und vielleicht, überlegte Eileen, könnte dieser süße Kuppelhund das ohne ihre Hilfe durchziehen. Aber andererseits …

„Die sind fantastisch.“ Andy reichte Chase ein weiteres der neuen Halfter. „Woher hast du die mit den Handseilen?“

„Letzte Woche kam ein Mädchen mit ihnen herein. Sie sah aus, als könnte sie das Geld gebrauchen, also habe ich sie gekauft. Ich hatte nicht vor, sie zum Verkauf anzubieten, aber nachdem ich mit Grace gesprochen hatte –“

„Ihr zwei versteht euch ziemlich gut, wie es scheint.“

Wie sollte er darauf antworten? Zählte es als ziemlich gut, wenn genug Chemie zwischen ihnen herrschte, um eine Explosion zu verursachen, selbst wenn eine Partei nicht die Absicht hatte, bei der zweiten Partei zu bleiben? „Alle Farradays waren sehr hilfreich.“

„Aber du magst sie?“, hakte Andy nach.

Chase hängte das letzte Geschirr auf und musterte Andy eine Sekunde lang. Woher war all diese Neugier für ihn und Grace gekommen? „Die Wette.“

Wenigstens hatte Andy den Anstand, verlegen auszusehen, als er merkte, dass er erwischt worden war. „Ich weiß, dass du in den letzten Tagen ziemlich viel auf der Ranch warst, aber jetzt, wo ihr beide auf Wohnungssuche geht –“

„Ich gehe auf Wohnungssuche. Wir ziehen nicht zusammen.“

„Ja“, Andy verlagerte unbeholfen sein Gewicht von einem Bein aufs andere, „aber trotzdem, wenn ihr euch gut versteht. Ich meine, es ist nicht so, als hättest du Meg gebeten, dich herumzuführen.“

„Ich habe Grace auch nicht gefragt.“

„Oh.“ Stirnrunzelnd trat Andy einen Schritt zurück. „Wenn du sie also nicht magst, muss ich meine Wette nicht ändern.“

Es war egal, was er sagen würde. Die Warnung bezüglich des Verfallsdatums auf der Milch in seinem Kühlschrank ging ihm durch den Kopf. Wenn er andeuten würde, dass er Grace mochte, war er sich ziemlich sicher, dass die ganze Stadt es nicht nur wissen, sondern wahrscheinlich auch für die Verlobungsfeier zusammenlegen würde. Wenn er aber sagte, er sei nicht interessiert, würde auch diese Information binnen einer Stunde bis zu Grace vordringen. Und das könnte ihm die Chance zunichtemachen, herauszufinden, was aus dieser Sache zwischen ihnen werden könnte.

Das Klingeln der Türglocke ersparte ihm die

Antwort. In der üblichen West-Texas-Kleidung aus Jeans, Stiefeln und Hemd betrat Grace den Laden. Was würde er dafür geben, nur eine Stunde lang mit diesen kurvenbetonten Jeans zu tauschen … oder länger.

„Hey, Miss Grace." Andy nickte.

„Hi, Andy. Wie geht es deiner Mutter mit ihrer Arthritis?"

„Nicht schlecht. Sie hat weniger Kartoffeln gegessen und ihre Knöchel schwellen nicht mehr so stark an."

„Gut. Ich bin froh, dass es funktioniert hat. Sag ihr unbedingt, dass ich nach ihr gefragt habe."

„Wird erledigt." Andy wandte sich an seinen Chef. „Ich werde diese leeren Kisten nach hinten bringen."

„Vielen Dank." Chase richtete seine Gedanken auf die bevorstehende Wohnungsbesichtigung. „Wir sollten nicht zu lange bleiben."

„Okay, bereit?", fragte Grace.

„Bereit." Er ging um sie herum und hielt ihr die Tür auf. Von Zeit zu Zeit hatte er das auch in New York getan, aber meistens griffen die Frauen nach der Klinke, bevor er sie erreichte. Es gefiel ihm, dass Grace die einfache Höflichkeit nicht störte.

Grace ging zum Auto und deutete auf seine neuen Stiefel. „Bequem, nicht wahr?"

„Noch nicht, aber mir wurde gesagt, sobald ich sie eingelaufen habe, werde ich nie wieder etwas anderes tragen wollen."

Grace kicherte. „Das waren sicher die Schwestern."

„Stimmt." Er nickte. „Sissy ist für die Jeans verantwortlich. Sagte mir, wenn ich dazugehören wollte, müsste ich aufhören, so auszusehen, als wäre ich gerade von einer Yacht gestiegen."

„Ich schätze, sie denkt, Khakis sind Bootskleidung."

Chase öffnete die Fahrertür. „In einer Sache hatte

sie Recht, Business Casual passt nicht wirklich dazu, in einem Futtermittelgeschäft zu arbeiten."

„Nein", kicherte sie, „das tut es nicht." Nachdem sie sich angeschnallt und den Motor gestartet hatte, setzte Grace zurück und bog auf die Straße nach Süden aus der Stadt heraus. „Ich habe heute Morgen mit Brooks gesprochen. Scheint, als würde ihm der Gedanke, das Haus zu verkaufen, langsam ans Herz wachsen."

„Gut." Auch Chase wuchs diese Idee ans Herz.

„Es ist nicht weit außerhalb der Stadt. Du wärst ohne viel Zeitverlust in der Arbeit und wieder zuhause."

„Hier von einem Ort zum anderen zu kommen, dauert so oder so nicht lange. Sogar bis zur Ranch. Es sind über sechzig Meilen, aber in einer großen Stadt braucht man von einem Ende der Stadt zur anderen viel länger als die knappe Stunde, die die Fahrt auf diesen leeren Straßen dauert."

Lächelnd trat Grace aufs Gas. „Für manche ist es sogar noch weniger."

Mit Miss Bleifuß am Steuer erreichten sie das Krankenhausprojekt in kürzester Zeit. „Wow. Es ist, als würde man vor Tara stehen."

„Es hat diese *Vom-Winde-verweht*-Atmosphäre, nicht wahr? Mich hat es immer an das große Haus in dieser alten Fernsehsendung mit Barbara Stanwyck erinnert. Wie hieß die gleich wieder?"

„*Big Valley*."

„Stimmt."

Das zukünftige Krankenhaus sah etwas ungeschliffen aus. Es gab Anzeichen für Bauarbeiten – innerhalb eines provisorischen Bauzauns aufgehäuftes Baumaterial. Jetzt, als er einen zweiten Blick darauf warf, stellte er fest, dass das Äußere zur Vorbereitung für den Anstrich abgeschliffen worden war. „Wann wird es fertig sein?"

„Gute Frage. Es ist nicht einfach, Bauunternehmer dazu zu bringen, den ganzen Weg hierher zu kommen.

Was bedeutete, dass auch nicht allzu viele Leute in der Nähe sein würden, um ihm zu helfen.

„Das ist einer der Gründe, warum die meisten Arbeiten zur Renovierung des Bed-and-Breakfasts über einige Monate hinweg von der Familie erledigt wurden."

„Auch von dir?" Aus irgendeinem verrückten Grund brachte die Vorstellung, dass Grace einen Hammer schwang, sein Blut in Wallung. Vielleicht war es eine verzerrte Fantasie von *Green Acres*. Das musste er ein andermal herausfinden.

„Sogar von mir. Wenn man auf einer Ranch aufwächst, gibt es keine geschlechtsspezifischen Vorurteile. Wir alle haben unseren Teil dazu beigetragen, aber bei Megs und Adams Wohnung war ich nicht oft genug da, um viel mehr zu tun, als beim Streichen der Küche zu helfen."

„Das ist mehr, als die meisten Leute tun würden." Sicherlich mehr, als seine Mutter jemals versucht hätte. „Es gibt wirklich so viel Nichts um uns herum."

„Das stimmt wohl."

Jetzt wünschte er sich, er hätte die weite Landschaft nicht kommentiert. Das Letzte, was er im Moment tun wollte, war, auf die Dinge hinzuweisen, die Grace von hier vertrieben.

„Da vorne ist es."

In der Ferne konnte er sehen, wie das kleine Gebäude aus Holz Gestalt annahm. Als sie näherkamen, sah er, dass das Holzständerhaus in der Tat im typischen Craftsman-Stil gebaut war. Könnte seine Welt möglicherweise noch besser werden?

KAPITEL VIERZEHN

Egal wie oft Grace auch an diesem klapprigen alten Haus und anderen verlassenen Gebäuden im County vorbeigefahren war, sie hatte nie verstanden, wie einfach etwas herunterkommen und zerfallen konnte, wenn es unter der sengenden texanischen Sonne vernachlässigt wurde. „Das Ding zählt definitiv als verwahrlost."

„Es braucht nur etwas Liebe."

Die Art und Weise, wie Chase mit der gleichen Ehrfurcht, die er dem Taj Mahal gegenüber zeigen würde, zu der massiven Veranda unter dem typischen Giebeldach mit dem breiten Dachvorsprung hinauflächelte, ließ sie stutzen. Was zum Teufel sah er in diesem heruntergekommenen alten Haus?

„Kommst du?" Chase stand auf der vorderen Veranda.

Sie war so sehr darauf fixiert, wie ungepflegt das Haus war, dass sie nicht bemerkt hatte, wie er die Stufen hinaufgesprintet war. „Ja. Sicher", entgegnete sie und eilte ihm nach. Die Veranda war mindestens drei Meter tief und doppelt so breit. Komisch, aber so baufällig es vom Vorgarten aus auch ausgesehen hatte, als sie hier neben ihm stand, konnte sie für den Bruchteil einer Sekunde dunkelgrüne Schaukelstühle auf der einen Seite und eine Holzschaukel auf der anderen Seite sehen. Sie konnte sich fast vorstellen, wie jemand auf der Schaukel an einer frischen Limonade nippte.

„Grace?"

„Oh." Sie schüttelte die seltsamen Gedanken ab und stellte sich neben Chase. „Es ist offen."

Seine Hand bereits auf dem Knauf, schüttelte Chase den Kopf, drehte sein Handgelenk und drückte die Tür auf. Drinnen überblickte er den Raum, wobei sich sein Kopf immer wieder von einer Seite zur anderen bewegte. „Toll. Wenn wir woanders wären, gäbe es Löcher in den Wänden, fehlende Rohre", er zuckte mit den Schultern, „vielleicht sind sogar verschwundene Lampenfassungen und hier und da ein kleines Graffiti. Ich wette …" Er durchquerte den Raum und verschwand im Gang, bevor er wieder auftauchte. „Ja. Die Küche ist intakt. Alt, aber intakt."

Es waren die Fußböden, die Grace ins Auge gesprungen waren. Die ursprünglichen schmalen Eichenbretter waren staubig und matt, aber sie hatte das Gefühl, dass eine gute Grundreinigung und Polieren ausreichen könnten, um sie wieder zum Leben zu erwecken. Sie konnte sich die glänzenden Fußböden mit einem Paar Zweiersofas, einem bequemen Sessel und einigen dunklen Holzmöbeln als Kontrast gut vorstellen. Spitzengardinen an den Fenstern. Und anstelle des schmuddeligen Graus, das einst weiß gewesen sein könnte, buttergelbe Wände mit weißen Zierleisten. Sie konnte das alles so lebhaft sehen, dass sie für ein paar Sekunden vergaß, dass sie in einem leeren Raum stand.

„Ich liebe es." Chase strahlte.

„Alles, was du gesehen hast, sind zwei Zimmer. Wie kannst du wissen, dass du es liebst?"

Er hob lässig eine Schulter, zuckte mit den Achseln und drehte sich um. „Es fühlt sich richtig an."

„Ich dachte, Frauen wären diejenigen mit Intuition", murmelte sie und folgte ihm durch den Flur an der Küche vorbei in das erste Schlafzimmer auf der linken Seite. Nicht sehr groß, aber auch nicht wirklich klein.

„Könnte ein gutes Büro oder Gästezimmer abgeben", sagte er, bevor er weiterging.

Der Raum an Ende des Gangs musste das Hauptschlafzimmer sein. Es war eindeutig mehrere Fuß größer und hatte Fenster auf zwei Seiten, die viel Sonnenschein hereinließen. Als Grace blinzelte, sah sie ein antikes Himmelbett mit einer handgenähten Tagesdecke und einem großen grauen Hund, der am Fußende schlief. Sie kniff die Augen fest zusammen, konzentrierte sich und atmete erleichtert aus, als der Raum zwischen den Fenstern leer war.

„Stimmt etwas nicht?" Chase kam näher. „Du siehst ein bisschen blass aus."

„Nein. Alles gut." Sie trat zurück. Wenn ihr Verstand ihr einen Streich spielte, war das Letzte, was sie wollte, dass er die Hand ausstreckte und sie in irgendeiner Weise berührte. „Viele Türen." Sie machte einen großen Schritt nach vorne und öffnete die erste. „Wow, das ist nicht übel für ein Haus, das mindestens hundert Jahre alt ist." Der Einbauschrank war nach den heutigen begehbaren Maßstäben nicht gerade groß, aber wenn man bedachte, dass viele dieser alten Häuser überhaupt keine Schränke hatten, war der Platz darin geradezu königlich.

„Und hier ist noch einer." Chase hielt die Tür auf und beugte sich vor, um hineinzusehen. „Nicht sehr geräumig, aber technisch gesehen immer noch begehbar."

„Sag mir nicht, dass es noch einen dritten Schrank gibt?" Als sie sich zur gegenüberliegenden Wand drehte, erreichte ihre Hand den Türknauf Sekunden, bevor Chase seine Finger über ihre legte.

„Oh", sagte er leise, „tut mir leid."

„Kein Problem." Ihre Blicke trafen sich und seine Hand blieb über ihrer. Sie hätte etwas sagen, aus dem Weg gehen oder ihre Hand zurückziehen sollen. Irgendetwas. Ein einfaches Blinzeln, um die unsichtbare Verbindung zu unterbrechen, hätte geholfen, aber sie stand nur wie angewurzelt da. Es fiel ihr schon schwer zu atmen, geschweige denn zu denken.

„Ich, ähm …" Chase schaukelte nach vorne und für den Bruchteil einer Sekunde hielt sie die Luft an, weil sie dachte, er würde sie wieder küssen. Ein Gedanke betete, *ja bitte*, während ein anderer schrie, *nicht schon wieder*. Als sich ihre Augen erwartungsvoll schlossen, löste sich seine Hand von ihrer und er machte einen großen Schritt zurück. „Ich sollte dich die Tür öffnen lassen."

„Die Tür?" Sie blinzelte. „Richtig." Sie drehte den Knauf und holte tief Luft, um sich zu beruhigen, bevor sie die Tür aufzog.

Chase' Augen verengten sich sofort und spiegelten ihre Verwirrung wider. „Soll das im Schlafzimmer sein?"

„In jedem Haus, in dem ich je war, stehen die Heizungs- und Belüftungsgeräte normalerweise in einem Geräteraum, manchmal in der Garage oder gelegentlich auf dem Dachboden, aber niemals in einem Schlafzimmer."

„Ich bin kein Experte für Belüftungstechnik, aber das sieht älter aus als ich."

„Ist es wahrscheinlich auch." Grace schloss die Tür. „Denk daran, dieser Ort ist seit mindestens zehn Jahren nicht mehr bewohnt. Vielleicht sogar länger."

Chase nickte und trat einen Schritt zurück, öffnete die anderen beiden Schränke wieder und drehte sich dann zu Grace um. „Ich wette, wenn wir das Ding auf den Dachboden stellen und den freigewordenen Platz zu einem Schrank umfunktionieren, könnten wir aus einem der anderen Einbauschränke ein kleines Bad machen."

„Ach, das wäre toll." Grace eilte hinüber zum zweiten Schrank und benutzte ihre Hände, um die ungefähren Maße des Innenraums abzuschätzen. „Der hier ist vielleicht ein bisschen eng, aber er hat immer noch eine gute Schrankgröße." Sie schloss die Tür und durchquerte den Raum zu dem ersten, den sie gesehen hatte. „Ja. Der wäre perfekt. Platz für ein schönes Waschbecken und eine anständige Dusche." Sie schloss die Tür und drehte sich um. „Wo ist das Hauptbadezimmer?"

Chase zuckte mit den Schultern. „Muss irgendwo im Gang sein."

„Das hoffst du. Wir sollten vielleicht nach einem Plumpsklo und einer Stahlwanne auf der hinteren Veranda Ausschau halten."

„Nicht in diesem Leben." Er kicherte, legte seine Hand leicht auf ihren Rücken und schob sie aus dem Zimmer.

Draußen öffnete sie eine weitere Tür und erblickte ein riesiges Badezimmer. „Heute ist dein Glückstag."

„Warum?"

„Das Badezimmer grenzt an den großen Schrank und ..." Sie drehte sich im Raum um. „Oh mein Gott. Schau dir diese Wanne an."

„Braucht eine Dusche."

„Dusche?" Eine Badewanne mit Klauenfüßen, groß genug, dass Bigfoot darin tauchen konnte, und dieser Kerl dachte an eine Dusche. „Das ist fantastisch." Ohne einen Moment zu zögern, kletterte sie in die Wanne und lehnte sich zurück. „Oh ja, definitiv wie im Himmel. Die Wanne muss bleiben."

Auch wenn er sich vorher nicht sicher gewesen war, so hatte Chase jetzt keinen Zweifel mehr. Er wollte dieses Haus unbedingt. Und er wollte auch Grace Farraday. Nicht nur, wie ein Mann eine schöne Frau wollte. Hier ging es um mehr als nur darum, in ihre Höschen zu kommen. Hier ging es darum, sich in einer kalten Nacht mit einer heißen Tasse Tee mit der besten Freundin auf dem Sofa einzukuscheln. Darüber, das letzte Stück Frühstückstoast zu teilen, weil jemand vergessen hatte, in den Laden zu rennen, um frisches Brot zu holen. Darüber, das Gute, das Schlechte, das Große und das Kleine mit dieser einen besonderen Liebe seines Lebens zu teilen.

Liebe seines Lebens? War Grace die Liebe seines Lebens? Eine Frau, die er vor weniger als einer Woche kennengelernt hatte? Eine Frau, die Drachen töten und Städte erobern wollte. Große Städte. Eine Frau, die überall sein wollte, außer hier in Tuckers Bluff. Eine Frau, die mit ihm nicht auch nur ein einziges gemeinsames Lebensziel zu haben schien?

„Komm schon." Grace erhob sich und stieg aus der Wanne. „Schauen wir uns den Rest des Hauses an. Auch wenn du dich bereits entschieden hast."

„Wer hat gesagt, dass ich mich schon entschieden habe?"

„Du, als du gesagt hast, dass es nur ein bisschen Liebe braucht?"

„Vielleicht meinte ich die Liebe von jemand anderem."

„Hast du aber nicht." Sie ließ das dritte Schlafzimmer aus und ging hinüber in die Küche. „Verdammt, du hast dich sogar über diese schiefen alten Metallschränke gefreut."

Machte es Sinn, mit ihr zu diskutieren? „Meinst du nicht, ich sollte wenigstens eine Nacht darüber schlafen?"

„Ich denke, du solltest nach New York zurückkehren und dein Leben wirklich genießen, aber das, was ich denke, zählt in letzter Zeit nicht mehr viel."

„Sicher tut es das. Ich behalte die Wanne."

Grace setzte ein Lächeln auf und lachte. „Ziemlich großzügig von dir, wenn man bedenkt, dass das Haus nicht dir gehört."

Er sah sich die Küche mit den überraschend großen Fenstern an und stellte sich eine kleine Renovierung vor. Ein paar Schränke ersetzen, etwas Traditionelles und zur Architektur und zum Licht Passendes. Nachdem er jahrelang im Schatten der Wolkenkratzer Manhattans gelebt hatte, war ihm hier klar geworden, dass er Licht mochte. Viel Licht. Durch die Hintertür trat er auf eine Veranda, die fast so groß war wie die an der Vorderseite des Hauses. Als er zum Geländer ging, trat er mit dem Fuß gegen etwas, das geräuschvoll ins Rutschen geriet. „Was –"

„Das ist eine Hundeschüssel." Grace manövrierte um ihn herum und beugte sich vor, um sie aufzuheben. „Die ist auf keinen Fall seit zehn oder mehr Jahren hier."

Beide blickten in die Ferne und suchten das öde Land so weit sie sehen konnten ab.

„Wer wohnt noch hier in der Nähe?", fragte er.

„Du meinst jemanden, zu dem du über die Straße rennen und dir eine Tasse Milch oder eine Schüssel Trockenfutter ausleihen könntest? Niemand." Sie stellte die Schüssel wieder ab und erstarrte. „Hast du das gehört?"

Chase nickte. „Klang wie ein Knurren."

„Bilde ich mir das ein, oder hat es sich angehört, als würden wir darüber stehen?"

Chase schüttelte den Kopf, streckte die Hand aus, legte sanft seine Finger um ihren Arm und zog sie langsam zurück ins Haus. „Ich denke, für heute haben wir genug gesehen. Wenn wir beim Auto ankommen, rufe ich Adam an."

„D.J. auch."

„D.J. auch. Einer oder beide können herkommen und sehen, ob sie finden, was uns angeknurrt hat. Wenn es sich um ein verletztes Tier handelt, wollen wir ihm nicht zu nahe kommen."

„Aber das Essen? Hast du irgendwo eine Tüte Hundefutter gesehen?"

Chase ließ seine Hand von ihrem Arm zu ihrer Taille gleiten und ging um sie herum. Mit seiner Hand auf ihrem Rücken schob er sie vorwärts. „Nein, und ich werde jetzt nicht nachsehen. Was auch immer es ist, wir werden es später herausfinden."

Es gab keinen Grund, warum er ein mysteriöses Knurren und eine zwanzig Jahre alte Hundeschüssel nicht zu der wachsenden Liste von Dingen hinzufügen könnte, die er herausfinden musste – und zwar schnell.

KAPITEL FÜNFZEHN

„**D**u glaubst doch nicht, dass es etwas mit dem Streuner zu tun hat, oder?", fragte Tante Eileen über den Rand ihrer Karten hinweg.

Ruth Ann warf zwei Karten ab. „Vielleicht haben die Bauarbeiter gefüttert, worum auch immer es sich handelt?"

„Das ergibt überhaupt keinen Sinn." Dorothy hielt ihre Karten an ihre Brust. „Seit Wochen gibt es bei Brooks keine richtige Arbeit. Wenn die Zimmerer nicht für einen Tag Arbeit nach Tuckers Bluff fahren, wer zum Teufel fährt dann den ganzen Weg, um den Hund zu füttern?"

„Wenn es ein Hund ist", fügte Sally May hinzu.

„Was soll es sonst sein? Niemand füttert wilde Tiere mit Hundefutter." Dorothy machte sich wieder daran, ihre Karten neu zu ordnen.

Sally Mays Gesichtsausdruck verzog sich, als hätte sie gerade in eine Zitrone gebissen. „Meine Nichte in Dallas füttert die Waschbären."

„Nun, deine Nichte in Dallas ist nur ein Haustier von einem offiziellen Titel als Verrückte-Katzen-Lady entfernt." Tante Eileen milderte ihre Worte mit einem Lächeln ab.

Grace studierte ihre Karten, aber sie war nicht mit dem Herzen dabei. Gestern Abend, als ihre Tante darauf bestanden hatte, dass sie jemand in die Stadt fahren müsse, da Autofahren wegen der Sehnenscheidenentzündung in ihrem Knöchel zu schmerzhaft war, hatte Grace dem Drang widerstanden, *Humbug* zu rufen. Solange sie zuhause gewohnt hatte, hatte die Frau die Wörter *Sehne* oder *Entzündung* nicht ein einziges Mal im selben Satz benutzt, und noch seltener hatte sie sich für untauglich gehalten, jederzeit und überallhin mit dem Auto zu fahren. Aber Grace war auch von dem Gedanken fasziniert gewesen, Chase zum Haus des alten Vorarbeiters zu begleiten. Jetzt, wo ihre Sinne durch einen einzigen überwältigenden Blick in Wallung gebracht worden waren und die Angst vor Sorge um einen verlorenen Streuner aufblühte, war sie einfach nur froh über die Ablenkung. Auch wenn das Kartenspielen mit den Ladys nicht wirklich wirkte. „Ich wünschte nur, D.J. wäre auf dem Revier gewesen, als wir zurückgekommen sind.“

„Aber er sagte, dass er auf dem Weg in die Stadt vorbeischauen würde. Und dass er gleich zurückfahren und es nicht mehr lange dauern würde“, versicherte ihre Tante. „Ich bin sicher, was auch immer es ist, er wird es herausfinden.“

„Vermutlich.“ Grace blickte ein zweites Mal auf ihre Karten und bemerkte plötzlich, dass sie eine Hand voller Herzen hielt.

„Wie viele Karten willst du haben?“, fragte Dorothy sie.

„Keine. Ich werde diese spielen.“

Vier etwas verdutzte Köpfe sahen Grace und dann einander an, bevor vier Sätze Karten verdeckt auf dem Tisch landeten, wobei es von allen Seiten „Ich bin raus“ hagelte.

„Was hast du?“, fragte Sally May.

Grace grinste. „Niemand ist mitgegangen, also muss ich nichts sagen.“

„Wenn du noch einen weiteren Sonnenaufgang erleben willst, solltest du besser nicht so einen kleinlichen Anwalts-Quatsch abziehen." Tante Eileen durchbohrte sie mit einem dieser mütterlichen Blicke, die Grace schon lange nicht mehr gesehen hatte."

„Tut mir leid. Ich konnte nicht widerstehen, euch ein bisschen zu ärgern." Grace beugte sich zu ihrer Tante, küsste sie auf die Wange und legte ihre Karten offen hin. „Fünf Herzen."

In den nächsten Runden gewannen sie und ihre Tante abwechselnd die Pots. Wenn alle Spiele, die sie seit ihrer Teenagerzeit mit Tuckers-Bluff-Ladys-Club gespielt hatte, um echtes Geld gegangen wären, hätte Grace ihr Jurastudium inzwischen schon zweimal abbezahlt.

„Ich frage mich, wie lange es noch dauert, bis Chase und Brooks übers Geld reden?" Tante Eileen schnappte sich ein paar Chips und warf sie in den Pot. „Ich meine", sie wandte sich an Grace, „du scheinst dir ziemlich sicher zu sein, dass er es will."

„Jeder Prozessanwalt wünscht sich Geschworene, die so einfach zu lesen sind wie er. Ja, ich bin mir sicher." Wenn sie ehrlich zu sich selbst war, musste sie zugeben, dass sogar sie sich in das baufällige alte Haus verliebt hatte, als sie in das Bad geschlendert waren. „Ich vermute, Chase wartet, bis Brooks mit seinem letzten Patienten fertig ist."

„Scheinbar", Ruth Ann hob ihr Kinn und deutete zur Eingangstür, „sind sie fertig."

Brooks, Toni und Chase kamen durch die Vordertür herein. Brooks legte seine Hand auf den Rücken seiner Frau und führte Toni zum anderen Ende des Cafés. Chase wandte sich den kartenspielenden Damen zu.

„Oder vielleicht auch nicht", murmelte Tante Eileen.

„Guten Tag, die Damen." Chase, der in seinen knackigen Jeans und dem Button-Down-Hemd einfach zu gut aussah, blieb neben Grace stehen.

So sehr sie es auch versuchte, sie konnte nicht genau erkennen, was Sache war. Sein Lächeln war strahlend und freundlich, aber seinen Augen fehlte das Funkeln, das sie heute Früh gehabt hatten. Ihr Herz zog sich in ihrer Brust zusammen und sie ertappte sich dabei, wie sie hoffte, dass Brooks nicht nein zu Chase gesagt hatte. Sie wusste, wie sehr er das Haus haben wollte, und das war Grund genug für sie, es auch für ihn zu wollen.

Er beugte sich vor und sah sie an. „Falls das Spiel dich entbehren kann, würdest du es als Interessenkonflikt ansehen, wenn ich dich als rechtliche Beratung hinzuziehe?"

Bei den vier Augenpaaren, die sie anstarrten, war Grace sich nicht ganz sicher, was sie sagen sollte. Sie drehte sich um und warf ihrem Bruder und ihrer Schwägerin einen Blick über die Schulter zu. Toni winkte, aber es war Brooks, der ihr mit einem nur angedeuteten Lächeln und einem leicht geneigten Kinn die Antwort gab, die sie brauchte. „Wir werden sehen."

Das Funkeln in seinen Augen kehrte zurück und sie konnte nicht anders, als ihn anzulächeln. Dieses verdammte Funkeln wuchs ihr wirklich ans Herz.

Es gab eine Menge Dinge, die Chase in seinem Leben getan hatte, die keinen Sinn ergaben. Viele hielten ihn für mehr als nur verrückt, eine lukrative Wall-Street-Karriere aufzugeben, um einen kleinen Futtermittelladen mitten in West-Texas zu kaufen. Doch so sicher er gewusst hatte, dass dies der richtige Schritt war, wusste er auch, dass es für ihn ausschlaggebend war, Grace bei dieser Diskussion an seiner Seite zu haben. Und wenn es eine Sache gab, die Chase schon früh im Geschäftsleben gelernt hatte, dann war es, seinem Bauchgefühl zu vertrauen.

Chase winkte Brooks und seiner Frau zu, als Grace ihren Stuhl vom Tisch wegrückte. „Sollen wir?"

Nur das langsame und leichte Wackeln ihres Kopfes sagte ihm, dass sie sich in der Lage, in die er sie gerade gebracht hatte, nicht wohlfühlte. Aber was sein Interesse im Moment am meisten weckte, war die Tatsache, dass er sich in nur wenigen Tagen sicher war, sie ziemlich genau lesen zu können. Es war fast lächerlich. Sein ganzes Erwachsenenleben lang hatte er Frauen als ein Rätsel betrachtet, das akzeptiert und nicht verstanden werden musste. Wer hätte gedacht, dass ein Mädchen vom Land mit Feuer in ihrer Seele so leicht für ihn zu durchschauen wäre.

„Hast du schon über das Finanzielle geredet?", fragte Grace leise, sobald sie außer Hörweite des Spieltisches waren.

„Kurz."

Sie ging weiter und verlangsamte ihr Tempo nicht, aber warf ihm einen merkwürdigen Blick von der Seite zu. Vielleicht las er sie nicht ganz so gut, wie er gedacht hatte.

„Ist das nicht toll?" Die Hände auf ihrem runden Bauch ruhend, strahlte Toni, als Grace näherkam. „Wir wussten einfach nicht, was wir mit diesem Haus anfangen sollen, und plötzlich taucht Chase auf und löst unsere Probleme."

Grace ließ sich auf einem Stuhl nieder und zog die Brauen zu einem tiefen V zusammen. „Das Haus war ein Problem?"

„Kein Problem." Brooks sah seine Schwester an und drückte die Hand seiner Frau. „Eher etwas, mit dem wir nichts anzufangen wussten."

An diese ungezwungene Art, Geschäfte zu machen,

könnte sich Chase leicht gewöhnen. Keine hartnäckigen Verhandlungen. Keine irreführenden Halbwahrheiten. Obwohl er bezweifelte, dass er viele Gelegenheiten haben würde, um weitere Käufe oder Verkäufe zu tätigen, sobald sie sich auf einen Preis geeinigt hatten. Er hatte sein Geschäft und bald sein Haus. Das wäre es für ihn für eine Weile.

„In aller Fairness", Brooks legte seine Arme auf den Tisch und faltete die Hände vor sich übereinander, „Bauunternehmer sind in dieser Gegend nicht leicht zu bekommen."

Chase nickte. Sie hatten diese Diskussion bereits in Bezug auf das Krankenhausprojekt geführt, also hatte er sich so etwas schon gedacht, ohne dass es einer Wiederholung bedurft hätte, aber andererseits führte man in Texas Geschäfte auf diese Weise.

„Wie geschickt bist du mit Hammer und Säge?", fragte Brooks etwas zu ernst für Chase' Geschmack.

„Nicht besonders. Ich bin mehr der Mann für Computer und Tabellenkalkulationen."

„Dann ist ein renovierungsbedürftiges Haus vielleicht nicht ganz in deinem Interesse." Grace sah zu ihm auf. „Außer du hast eine ganze Familie voller Heimwerker, die bereit sind, herzufliegen und dir zu helfen."

„Einzelkind." Er lächelte. „Aber ich lerne schnell."

Brooks starrte ihn eindringlich an, blickte dann von seiner Schwester zu Chase, nickte und lächelte „Ich wette das tust du."

„Jetzt, wo das geklärt ist." Chase holte ein gefaltetes Blatt Papier aus seiner Brusttasche. Er öffnete es, glättete die Falten und legte es vor Grace. Während Brooks mit seinem letzten Patienten beschäftigt war, hatten Toni und er sich in Brooks' Büro unterhalten. Sie hatte einen Preis ausgemacht. Diesen hatte er wie einen Briefkopf auf das Papier gekritzelt. Notizen und

Gedanken aus der Unterhaltung standen auf der rechten Seite, Berechnungen und Entscheidungen auf der linken Seite.

„Wann hast du das gemacht?" Nachdem Grace die Notizen kurz durchgesehen hatte, sah sie sich das Geschriebene noch einmal an.

„Als wir auf Brooks gewartet haben."

Ohne den Kopf zu heben, drehte sie sich zu ihm um. Sie blickte ihm in die Augen und einer ihrer Mundwinkel verzog sich zu einem Lächeln. „Bist du sicher, dass du mich brauchst?"

Er nickte nur, holte einen Stift aus seiner Tasche und legte ihn vor sie hin.

Wieder sah sie ihn an, ohne den Kopf zu heben, doch dieses Mal erreichte das Lächeln beide Seiten ihres Mundes. Sie hob den Stift auf, überprüfte den Preis und die Grundstücksgröße und fügte unter der Stelle, an der er Inspektionsberichte und Kostenvoranschläge geschrieben hatte, Vorkaufsrecht hinzu. Daneben schrieb sie mit Bleistift *vierzehn Tage* und legte dann wieder den Kopf zur Seite und zog fragend die Augenbrauen hoch.

Chase nickte. Er hatte darüber nachgedacht, aber nichts angesprochen.

Sie blinzelte zur Decke hinauf, klopfte mit dem Stift auf den Tisch und sah dann zu ihrem Bruder. „Würdest du sagen, das Haus steht etwa siebzig Meter von der Straße entfernt?"

„Könnte sein. Vielleicht ein bisschen mehr."

Grace nickte. „Ich wette, es sind eher hundert."

„Einige meiner Lieblingsgäste." Abbie stellte ein Glas Wasser vor jede Person am Tisch. „Es ist noch zu früh fürs Abendessen und nach dem ernsten Ausdruck auf euren Gesichtern zu urteilen, schätze ich, dass dies geschäftlich ist, was nach einem Stück von Franks Kuchen schreit."

Die Finger immer noch auf ihrem Bauch gespreizt, beugte sich Toni verschwörerisch vor. „Was gibt es heute?"

„Er war heute ambitioniert." Abbie lächelte: „*Key Lime* and *Banana Cream*."

„Oh, ich liebe *Banana Cream*", stöhnte Toni geradezu.

Brooks kicherte, küsste seine Frau auf die Wange und wandte sich an Abbie. „Wir teilen uns ein Stück."

„Spielverderber." Toni klopfte ihm leicht auf den Arm, dann richtete sie ihre Aufmerksamkeit wieder auf Abbie und fügte hinzu: „Ich nehme noch einen grünen Tee dazu."

Sobald alle ihre Bestellungen aufgegeben hatten, wandten sich alle Augen wieder dem Papier zu, das Grace in der Hand hielt.

„Also, was denkst du?", fragte Brooks.

Sie kritzelte an den Rand. *Einzelgrundstück 3 Morgen 80 mal 200.* Dann fügte sie hinzu: *oder doppelt so groß?*

Er hob eine Schulter. Seine Mathematikkenntnisse waren gut genug, um zu verstehen, dass sie die Tiefe von der Straße aus verdoppelt hatte, wusste aber nicht, warum sie wegen der doppelten Größe fragte. „Was würdest du tun?"

Ohne zu zögern, tippte Grace *doppelt*.

„Okay. Wenn du das sagst."

„Ich?" Ihre Brauen schossen hoch. „Es wird dein Haus."

„Stimmt, aber ein guter Geschäftsmann zeichnet sich nicht nur dadurch aus, dass er gute Berater hinzuzieht, sondern dass er tut, was sie sagen."

„Nun gut." Grace sah zu ihrem Bruder. „Morgen hast du eine unterschriebene Absichtserklärung. Und danach machen wir weiter."

Brooks reichte Chase die Hand. Er fing an, es zu

mögen, Geschäfte per Handschlag zu besiegeln. Aber was ihm noch mehr gefiel, war, dass Grace gerade *wir* gesagt hatte.

KAPITEL SECHZEHN

Wenn man bedachte, wie aufgeregt Grace war, die ersten Unterlagen für Chase' neues Haus erstellen zu dürfen, würde jeder denken, dass sie diejenige wäre, die es kaufen und darin einziehen würde.

„Danke für die Fahrt, Kätzchen." Tante Eileen eilte in die Küche. „Es ist schön, dich wieder zu Hause zu haben."

„Gerne doch." Es war lange her, dass ihre Tante sie mit diesem besonderen Kosenamen angesprochen hatte. Sie war in ihrem ersten High-School-Jahr gewesen, als sie ihrer Tante mitgeteilt hatte, dass sie zu alt wäre, um Gracie genannt zu werden, und noch schlimmer, Kätzchen. Damals genügte es, sie vor ihren Freunden und Klassenkameraden Kätzchen zu nennen, um ihr die Schamesröte ins Gesicht zu treiben. Ihre Tante brauchte eine Weile, um die Gewohnheit abzulegen, und selbst nach all den Jahren rutschte ihr der Name hin und wieder heraus. Wie jetzt. Und wie ein eingelaufenes Paar Lieblingspantoffeln in einer kalten Nacht war das Gefühl vertraut, beruhigend, gut. „Wie lautet der Plan?"

„Wofür?" Tante Eileen stand vor dem Ofen und drehte am Knopf.

„Wofür was?"

Ihre Tante zog die Folie von der Auflaufform und wandte sich ihrer Nichte zu. „Ist das eine Fangfrage?

Du hast mich gefragt, was der Plan ist?"

„Oh." Sie hatte nicht bemerkt, dass sie das laut gesagt hatte. Drei Jahre lang hatten ihre Pläne festgestanden. Ihr Jurastudium an einer der besten Universitäten des Landes abzuschließen. Mit einem Einkommen, das ihrer Ausbildung würdig und völlig unabhängig von vierbeinigen Tieren war, all die Orte besuchen und all die Dinge tun, von denen die meisten Menschen nur träumen. Selbst herausfinden, ob das Singleleben im Trubel der Großstadt dem Hype gerecht wurde. „Ich, äh, meinte das Abendessen."

Tante Eileen schloss die Ofentür. „Wie an jedem anderen Kartenspieltag."

Solange Grace sich erinnern konnte, wärmte ihre Tante nach einem Spieltag immer Aufläufe oder andere Gerichte auf, die sie vorbereitet hatte. Einige der verrückten Sachen, die ihr eingefallen waren, zählten immer noch zu Grace' Lieblingsgerichten, wie zum Beispiel der Thunfisch-Kartoffelchip-Auflauf.

„Tante Eileen", klein Stacey kam durch die Hintertür gesprungen, „Mami hat gesagt, ich kann dieses Jahr nicht beim Pee-Wee-Rodeo mitmachen."

„Hat sie das?" Tante Eileen beugte sich vor, um das Kind in eine lange Umarmung zu ziehen, während Krokodilstränen über das Gesicht des Mädchens kullerten.

Grace konnte sehen, wie ihre Tante sich auf die Zunge biss. Sie würde der Mutter der Kleinen nie widersprechen.

„Sie denkt, ich bin noch zu jung. Sie meinte, vielleicht nächstes Jahr."

„Nun, das ist nicht mehr so lange." Tante Eileen setzte ein strahlendes Lächeln auf.

Die Tür quietschte, kurz bevor Catherine sich in die Küche drängte. „Das wird wieder einer dieser Tage."

„Daddy sagt, ich bin älter als Tante Grace, als sie anfing."

„Ja, Süße." Catherine hockte sich neben ihre Tochter und strich ihr eine Haarsträhne hinters Ohr. „Aber bei Tante Grace war es anders."

Anstatt ihre Mutter anzusprechen, löste sich Stacey von Tante Eileen und wandte sich Grace zu. „Wie anders?"

Mehr als alles andere hätte Grace es vorgezogen, sich aus diesem Gespräch herauszuhalten. Sie blickte ihre Schwägerin eindringlich an, ihr die Antwort abzunehmen.

„Schätzchen." Catherine verstand die Botschaft laut und deutlich. „Denk daran, deine Tante Grace ist schon als Baby immer bei ihrem Großvater im Sattel gesessen. Als sie in deinem Alter war, ist sie schon viele Jahre geritten."

Stacey starrte Grace an und biss sich regungslos dastehend auf die Unterlippe. „Aber ich habe den Ranchathon gewonnen."

„Das hast du, Baby, und du kannst es beim nächsten Mal wieder tun, aber das Rodeo ist für kleine Mädchen und Jungen, die das schon lange machen."

Grace brachte es nicht übers Herz, Catherine zu sagen, dass es kaum einen Unterschied zwischen dem Ranchathon und dem Junior-Rodeo gab. Auch wenn sie Stacey unbedingt ermutigen wollte. Als sie aufwuchs, waren Pferde für Grace das Liebste auf der Welt gewesen, und das Training für die Wettbewerbe und diese zu gewinnen gaben ihr das Selbstvertrauen, das sie später brauchte, um im akademischen Wettbewerb zu glänzen.

„Wirst du mich unterrichten?" Eindringliche blaue Augen bohrten sich in Grace.

„Ich, ähm ..." Sie warf Catherine einen Blick zu, der ebenfalls die Worte im Hals zu stecken schienen. Tante Eileen hingegen grinste bis über beide Ohren und nickte. „Ich werde nicht lange hier sein. Erinnerst du dich, nach Onkel D.J.s Hochzeit gehe ich wieder nach Dallas?"

„Dann müssen wir sofort anfangen." Stacey klammerte sich an Grace' Hand und zog daran.

„Stacey", begann Catherine, „Tante Grace –"

„Hält das für eine tolle Idee", mischte sich Tante Eileen ein. „Das Abendessen wird noch eine Weile dauern, und der Sonnenuntergang ist noch weit entfernt."

In Catherines Augen glitzerte Besorgnis. Doch niemand wollte widersprechen. Grace musste einen Weg finden, sich elegant aus diesem Schlamassel zu befreien. Schade, dass die einzigen Worte, die ihr in den Sinn kamen, waren: „Es ist besser, morgens anzufangen, wenn man noch frisch ist."

Bei diesen Worten sprang Stacey in ihre Arme und ohne sich zu versehen, hatte sich Grace für ihrer restliche Zeit in Tuckers Bluff unbeabsichtigt ein entzücktes Kind und eine ganz neue Agenda aufgehalst.

Fast eine Stunde lang starrte Chase in seinen Computer oder tat so, als würde er die Zeitung lesen. Wenn er beides nicht machte, ging er auf und ab und überlegte, ob er Grace anrufen sollte. Nachdem er das Café verlassen hatte, hatte Grace versprochen, dass er heute Abend eine Absichtserklärung in seinem E-Mail-Postfach haben würde. Sie hatte nicht gesagt, wann heute Abend, und obwohl er sie nicht so schnell brauchte, suchte er nach einer Ausrede, um ihre Stimme zu hören. Dadurch fühlte er sich wie ein verknallter Teenager. Jetzt musste er nur noch einen Liebesbrief in ihr Schließfach stecken oder ihr Blumen auf den Schreibtisch legen.

Chase durchquerte den Raum, blieb am Fenster stehen und versuchte sich zu erinnern, wann ihm das letzte Mal eine Frau so tief unter die Haut gegangen war. Nicht, seit der sechsten Klasse, als er sich Hals über Kopf in Debbie Brown und ihre aufblühende Figur verliebt hatte. Nur ein paar Tage später hatte er das Interesse verloren, als sein Vater ihm einen neuen Baseballschläger gekauft hatte. Seine Mutter sagte immer: *Was Männer von Jungs unterscheidet, ist nur der Preis ihrer Spielzeuge.* Und sie hatte recht. Dieses neue – oder alte – Haus würde ihn definitiv viel mehr kosten als sämtliche Baseballausrüstung, die er je besessen hatte. Nur sah er sein Interesse an Grace nicht schwinden, egal wie viele Spielsachen er sich kaufen würde.

Was die gleiche quälende Frage aufwarf. Was sollte er dagegen tun? Die Frau hatte klargestellt, dass sie nichts von dem wollte, was er wollte. Oder doch? Die Art, wie sie lachte, wenn sie ausritten, oder strahlte, während sie über die Details des Hauses sprachen. Egal, was er Andy gesagt hatte, er hatte das Gefühl, dass sie tatsächlich nach ihrem gemeinsamen neuen Zuhause suchten. Mehr als einmal war ihm das Wort *wir* herausgerutscht, und sie hatte ihn nicht einmal korrigiert. War sie also wirklich so versessen darauf, wie sie behauptete, ihre Flügel auszubreiten?

Sein Handy klingelte und Chase hüpfte praktisch über den Beistellstuhl zum klingelnden Telefon auf dem Nachttisch. „Hallo?"

„Hi." Grace' Stimme hüllte ihn wie eine beruhigende Meeresbrise ein.

„Hi." *Lässig Prescott. Lässig.* „Das ist eine angenehme Überraschung."

„Ich wollte dich wissen lassen, dass ich dir die Absichtserklärung per E-Mail geschickt habe."

Mit dem Telefon am Ohr ließ er sich in dem Sessel

nieder, über den er vor einem Moment praktisch gesprungen war, und startete seinen Laptop. „Ja. Sie ist hier."

„Gut. Du musst sie dir ansehen, bevor du sie unterschreibst."

„Mache ich immer." Allerdings war er heute Abend so abgelenkt, dass er es sich wahrscheinlich zweimal ansehen müsste. „Du klingst müde."

Sie stieß ein Gähnen aus. „Langer Tag. Ich habe nicht genug Übung, um mit Kindern Schritt zu halten."

„Kindern?"

„Meine Nichte Stacey. Sie möchte, dass ich ihr Barrel-Racing beibringe." Sie kicherte. „Am besten schon gestern."

„Geduld, die Tugend der Jugend", neckte er.

„Dazu noch eine nervöse Mutter, und ich hatte heute Abend alle Hände voll zu tun."

Er lehnte sich zurück, legte die Füße hoch und klappte den Laptop zu. Das Geschäftliche könnte warten. „Was meinst du?"

„Nun, Catherine ist, sagen wir mal, keine Pferdefreundin. Die Vorstellung, dass ihre Tochter Barrel-Racing lernt, steht nicht ganz oben auf ihrer Liste. Obwohl die Kleine in diesem Jahr beim Flaggenrennen wirklich gut abgeschnitten hat."

„Darf ich fragen, was das ist?"

„Ein kleiner Wettbewerb nur zum Spaß. Kinder reiten von Fass zu Fass, schnappen sich Fahnen und bringen sie wieder zurück. Ganz einfach."

„Ah, verstehe." Er verstand nicht wirklich, aber er genoss den Klang ihrer Stimme.

„Auf jeden Fall. Nach einem Glas Wein und wiederholten Erklärungen, dass es in der Altersklasse ihrer Tochter noch nicht so schnell zugehen würde, konnten wir Catherine überzeugen, dass Stacey trainieren darf."

„Wer sind wir und was für ein Training?"

„Wir sind die meisten Farradays beim Abendessen, und das Training beginnt mit Grundlagen. Pflege von Pferden zum Beispiel. Mein Bruder hat bei diesem Teil schon großartige Vorarbeit geleistet, aber es gibt noch viel zu lernen. Wie man Hände und Beine einsetzt, Timing, Koordination und wie man das Potenzial eines Pferdes maximiert. Es wird Jahre dauern."

„Ich nehme an, du hast ihr das nicht gesagt?"

„Nein." Raschelnde Geräusche drangen durch die Leitung und er nahm an, dass sie es sich auch bequem machte.

„Nach allem, was ich gehört habe, wird sie die beste Lehrerin haben."

Sie stieß einen Seufzer aus. „Nur weil ich mal eine gute Reiterin war –"

„Die Trophäen in diesem Schrank sagen mehr als nur gut."

„Das wichtige Wort ist *war*. Und nichts davon bedeutet, dass ich unterrichten kann. Außerdem wird Tante Grace nicht lange genug da sein, um ihr alles beizubringen, was sie lernen muss."

Er unterdrückte ein Seufzen, da er nicht wirklich an ihren knappen Zeitplan erinnert werden wollte.

„Freust du dich nicht wenigstens ein bisschen, dein Wissen mit Stacey zu teilen?" Bei ihrer langen Pause machte er sich auf eine Antwort gefasst, die er nicht hören wollte.

„Vielleicht ein bisschen."

Das Lächeln in ihrer Stimme ließ ihn von Ohr zu Ohr grinsen. Mit *ein bisschen* konnte er arbeiten. „Ich schulde dir ein Abendessen."

„Du musst nicht mit –"

„Eine Wette ist eine Wette."

Etwas, das einem Kichern ähnelte, drang durchs Telefon. „Okay. Aber sei gewarnt, wenn wir beide im

Café zu Abend essen, werden wir in der ganzen Stadt für Gesprächsstoff sorgen."

„Das Café hatte ich nicht im Sinn."

„Oh, nun", sie lachte etwas lauter, „wenn du vorhast, den ganzen Weg nach Butler Springs zu fahren, dann solltest du darauf gefasst sein, dass wir das Gespräch des ganzen Countys werden."

„Damit kann ich umgehen. Und du?"

„Ha! Ich werde bald weg sein. Du bist derjenige, der hier leben und sich damit auseinandersetzen darf." Ihre Worte waren ein wenig schroff, aber ihr Ton war immer noch voller Humor.

„Keine Bange. Was machst du Freitagabend?"

„Keine Zeit. Der Mädelsabend wird für die letzten Hochzeitsplanungen herangezogen. Ich bin mir nicht sicher, ob es um Schmuck oder Gastgeschenke geht."

„Okay. Was ist mit Samstagabend?" Er drückte die Daumen. Wenn er bis nach der Hochzeit nächste Woche wartete, könnte es zu spät sein.

„Ich denke, das kann ich einrichten. Aber wenn ich in letzter Minute wegen einer verrückten Trauzeugin absagen muss, nimm es nicht persönlich."

„Abgemacht."

„Ich hoffe, du weißt, worauf du dich einlässt."

Er könnte ihr dasselbe sagen. „Ich bin ein großer Junge."

„Das sagen sie alle", spottete sie.

Das Grollen in seiner Brust entlud sich in schallendem Gelächter. Wenn er seinen Plan in die Tat umsetzen könnte, würde sein Leben hier in West-Texas vielleicht noch besser werden.

KAPITEL SIEBZEHN

„Ein Mal noch. Bitte."

Drei Uhr fünfundfünfzig. Wenn Grace Stacey nicht bald vom Pferd holte, würde sie entweder nach Scheune riechend oder zu spät zum Mädelsabend auftauchen. Keine der Optionen sprach sie an. „Noch fünf Minuten und das war's."

Hinter ihr kam das Kichern von Finn näher. „Du warst genauso."

„Unmöglich. Niemand ist so hartnäckig", rief sie über ihre Schulter.

„Das denkst du." Finn blieb neben ihr stehen. „Sie ist genauso gut wie du."

„Du bist nicht alt genug, um dich daran zu erinnern."

Finn legte seine Arme auf den oberen Balken der Koppel. „Wenn deine kleine Schwester besser reitet als du, ist das schwer zu vergessen." Er richtete sich auf und legte einen Arm über ihre Schulter. „Natürlich bin ich darüber hinweggekommen, als sich herausstellte, dass ich einen Stier mit dem Lasso einfangen konnte und du nicht."

„Ich hätte gekonnt. Aber ich wollte nicht." Sie tätschelte seine Hand. „Ich habe ihr noch kein Wort darüber gesagt, wie sie ihre Beine benutzen muss, und doch macht sie es aus Instinkt richtig. Wenn ich es nicht besser wüsste, würde ich schwören, dass es genetische Veranlagung ist."

„Ihre Großmutter hatte mehr Trophäen als du und ich zusammen."

„Da fragt man sich wieder, Veranlagung oder Erziehung."

„Ich nicht. Leg dich nie mit Mutter Natur an." Er ließ sie los und kletterte in die Koppel. „Los, mach dich bereit für heute Abend. Ich unterrichte sie weiter."

„Du bist ein Prinz." Sie sah zu Stacey hinüber, die das Pferd in ihre Richtung führte. „Onkel Finn übernimmt."

Stacey nickte und setzte ein breites Grinsen auf. Wenn Grace erwartet hatte, dass ihre neue Nichte unglücklich über ihr vorzeitiges Verschwinden sein würde, wäre Grace enttäuscht worden. Solange sie auf oder in der Nähe eines Pferdes war, könnte Stacey nicht glücklicher sein.

„Wie geht's?" Joanna, Finns Verlobte, schlenderte herbei.

„Großartig. Finn übernimmt. Ich springe nur schnell unter die Dusche. Weißt du, ob alles bereit ist?"

„Ja." Joanna drehte sich um und ging mit Grace an ihrer Seite weiter. „So wie es aussieht, hat der Ladys-Club neben dem Pokerspielen auch noch andere Fähigkeiten. Wir werden die ganze Nacht wach sein und mit Glitter herumspielen."

„Das war der Plan. Und denk daran, dass die beschwipsten Törtchen reinhauen. Übertreib es also nicht, sonst kleben die Gastgeschenke am Ende an dir fest."

„Verstanden."

Sie hatten es bis auf wenige Meter zur Hintertür geschafft, als Grace' Handy klingelte. Inzwischen kannte sie die Nummer. Gestern nach dem Abendessen hatte Chase angerufen, um sie über den Papierkram auf dem Laufenden zu halten, und um nachzufragen, ob Samstagabend noch stand. Irgendwie hatten sie daraufhin noch fast eine Stunde lang über alles und nichts geredet. „Hallo.“

„Wie war es heute?“, fragte Chase.

„Etwa so wie gestern. Ich glaube nicht, dass ich mich vor dreißig alt fühlen sollte, aber lass mich dir sagen, dieses Kind hat eine Menge Energie.“

Joanna signalisierte, dass sie im Haus auf Grace warten würde.

„Eines Tages wird jemand eine magische Pille erfinden, um diese Energie wiederherzustellen und sehr reich damit werden.“

„Amen.“ Sie blickte zum Haus hinüber. Es wurde spät und sie musste sich beeilen, aber genau wie letzte Nacht und die Nacht zuvor wollte sie das Gespräch nicht beenden.

„Wegen morgen Abend?“

„Steht noch.“

„Gut. Trag keine Blue Jeans.“

Sie drehte sich um und lehnte sich gegen die Hintertür. „Ah, es gibt eine Kleiderordnung.“

„Wenn du wirklich willst, kannst du Jeans tragen, aber –“

„Hier auf der Ranch trage ich nur Jeans. Aber ich bin sicher, dass ich etwas finde.“

Die Fliegengittertür öffnete sich quietschend und Joanna steckte den Kopf heraus. „Es tut mir wirklich leid“, flüsterte sie und zeigte auf ihre Uhr.

„Tut mir leid, aber ich muss los“, sagte Grace. „Bis morgen.“

„Vier Uhr.“

„Ein bisschen zu früh zum Abendessen, aber ich werde bereit sein. Punkt vier Uhr nachmittags.“

„Viel Spaß heute Abend, aber werde nicht so beschwipst, dass du vergisst, wo du wohnst.“

„Ha, ha, ha. Bis morgen.“

„Bis Morgen.“

Die Verbindung endete und sie wünschte sich, sie hätten noch ein wenig länger plaudern können. Es tat ihr nicht gut, sich über den bevorstehenden Verlust seiner Gesellschaft zu ärgern. Sie hatte sich bereits damit abgefunden, ihre Instinkte zu ignorieren und sich nicht von Chase Prescott fernzuhalten, bis sie Tuckers Bluff alias Mayberry nach der Hochzeit verlassen konnte. Womit sie sich nicht abfinden konnte, war, wie sehr sie diese Gespräche vermissen würde, sobald sie wieder in Dallas war. Und das könnte man als kleines Problem bezeichnen.

„Ich bin froh, dass du schon so früh zurück bist." Meg sah von der Kücheninsel zu Chase auf. „Es gab eine kurzfristige Planänderung."

„Wieso?" Er stibitzte sich einen Keks von einem der Teller, auf denen sich frisch gebackene Backwaren türmten. „Gibt es irgendetwas, bei dem du meine Hilfe brauchst?"

„Nein, es sei denn, du willst bis zum Kopf in der Hochzeitsplanung stecken." Adam ging in die Küche und direkt auf seine Frau zu, drückte ihr einen schnellen, festen Kuss auf die Lippen, bevor er sich ebenfalls einen Keks nahm, und blickte Chase an. „Ich schlage vor, du kommst mit nach oben in unsere Wohnung. Unser Kühlschrank ist gefüllt und auf dem Fernseher läuft ein Spiel mit unseren Namen."

„Hochzeitsplanung? Becky und D.J.?", fragte Chase.

Meg nickte. „Es wollen so viele Leute helfen, dass wir heute Abend von Becky hierher umziehen mussten. Hier haben wir mehr Platz als in ihrer Wohnung."

Chase nahm das Bier entgegen, das Adam ihm

reichte. „Ah verstehe." Er wollte die Einladung gerade ablehnen, als er sich entschied, dass Ablenkung und Distanz besser wären, als alleine in seinem Zimmer zu sitzen und so zu tun, als würde er die Leute unten nicht hören. Besonders eine Person. „Vielen Dank."

„Hey", sagte Adam über seine Schulter, „wir Männer müssen zusammenhalten."

Mit seinem Bier in der Hand folgte Chase Adam die Treppe hinauf und widerstand dem Drang, sich umzudrehen und nachzusehen, ob die Frauen vielleicht früher ankamen.

„Wie ich höre, ist der Verkauf des Grundstücks des Vorarbeiters unter Dach und Fach?"

„Ja." Chase nickte in Adams Rücken. „Es fehlt nur noch die Vermessung. Die Dokumente wurden bereits an einen Notar in Butler Springs geschickt."

„Brooks sagte mir, dass ihr den Kauf vermutlich in den nächsten paar Wochen abschließen könnt."

Vermutlich schneller, aber das hing von der Vermessung ab. Bei neu aufgeteiltem Grund war es ein wenig anders als bei bestehenden Parzellen. „So in etwa."

Die Eingangstür im Erdgeschoss musste sich geöffnet haben, denn eine Vielzahl eindeutig weiblicher Stimmen drang in den zweiten Stock hinauf. So wie Adam ihn betrachtete, war er sich ziemlich sicher, dass er beim Lauschen erwischt worden war.

„Du magst meine Schwester."

Es war keine Frage, aber er nickte trotzdem.

„Wir sind dafür bekannt, dass wir Grace beschützen."

Das konnte er sich vorstellen. Etwas zu lebhaft.

„Tante Eileen hat immer gesagt, dass ein Mädchen erwartet, so behandelt zu werden, wie sie zu Hause behandelt wird."

„Macht Sinn." Chase hatte keine Schwestern, aber

das alte Sprichwort, dass Kinder lernen, was sie sehen, nicht was sie hören, kam ihm in den Sinn.

„Hänseleien oder Respektlosigkeit waren tabu. Keine Schimpfwörter im Haus."

Das war nicht überraschend für ihn. Nach dem, was er von den Farradays gesehen hatte, waren sie vermutlich die einzige nicht dysfunktionale Familie im ganzen Land.

Schwere Schritte stampften die Stufen zu Adams und Megs Privatwohnung hinauf. Zu viele Schritte für eine Person. D.J. kam zuerst durch die Tür, gefolgt von Brooks.

„Ich dachte mir, wenn die Mädels die ganze Nacht abhängen", Brooks stellte einen Teller mit Keksen vor Adam auf den Couchtisch, „könnten wir uns genauso gut zusammenschließen, um den hier vor Ärger zu bewahren."

D.J. zog eine Augenbraue hoch. „Du erinnerst dich, *der hier* ist der Polizeichef?"

Brooks zuckte mit den Schultern. „Ist nicht das erste Mal, dass Adam und ich deinen Arsch vor Ärger bewahren müssen."

„Oh, um Himmels willen, ich bin nicht mehr zwölf." D.J. stellte ein Sixpack Bier neben die Kekse auf den Tisch. „Also", er ließ sich auf den nächsten Stuhl sinken und sah Chase an, „du kaufst das Haus des Vorarbeiters."

Eine weitere Feststellung. Zuversichtlich, diese Farradays. Etwas einschüchternd. Nur war Chase sich nicht sicher, ob seine Besorgnis von ihrer selbstbewussten Art oder von der Angst herrührte, was passieren könnte, wenn sie wüssten, was er mit ihrer nicht ganz so kleinen Schwester tun wollte. „Hattest du Gelegenheit, nach diesem knurrenden Tier zu sehen?"

D.J. nickte. „Bin gestern vorbeigefahren. Kein Hundenapf, keine Tiere. Was da war – wenn es da war – ist jetzt weg.“

Wenn? Unter der Veranda hatte definitiv etwas geknurrt. Andererseits hatte er in Manhattan gelebt. Was zum Teufel wusste er also über die Tierwelt von West-Texas. Soweit er wusste, könnte es auch eine verdammte Waschbärenfamilie gewesen sein. Knurrten Waschbären?

„Du bist schnell.“ Brooks legte seinen Knöchel auf sein Knie. „Der Notar hat mir mitgeteilt, dass die Überweisung eingegangen ist. Über den vollen Betrag.“

Chase nickte. Er wollte, dass den Vertrag unter Dach und Fach bringen, bevor Grace nach Dallas aufbrach. Da er sich nicht ganz sicher war, wie viel Zeit er hatte, tat er sein Bestes, um alles schnell zu erledigen.

„Der Notar sagt, wir können alles regeln, sobald er die Vermessungsdaten bekommt.“

Genau darauf hatte er gehofft. Mit ein wenig Motivation konnten die meisten Notare Hauskäufe problemlos innerhalb von fünf Werktagen abschließen, und in Texas, wo Anwälte nicht verpflichtet waren, durch einen Sumpf aus Bürokratie zu waten, hatte er gehofft, dass ein kreditloser Kauf ein Feuer entfachen würde. Bis jetzt lief alles nach Plan.

Brooks hielt immer noch die langhalsige Bierflasche. „Bist du bei allem so schnell?“

„Wenn ich weiß, was ich will.“ Er blickte Brooks an. Irgendetwas sagte ihm, dass dies ein weiterer Test war, um zu zeigen, woraus er geschnitzt war. Ein Stadtjunge oder ein Mann, der seiner Schwester würdig ist.

Alle drei Brüder sahen ihn an und er tat sein Bestes, sich nicht auf der Stelle zu winden.

„Wir neigen dazu, unsere kleine Schwester ein wenig zu beschützen“, fügte Brooks hinzu.

Adam nickte. „Das habe ich ihm schon gesagt.“

„Gut." D.J. nahm einen Schluck von seinem Bier.

„Aber ich habe es ihm nicht gezeigt." Ein winziges Lächeln umspielte eine Seite von Adams Mund und Chase hatte dieses lächerliche Gefühl, dass er gleich an seinen Füßen aus dem Fenster gehängt werden würde.

Brooks und D.J. musterten ihn von Kopf bis Fuß und Chase tat wieder einmal sein Bestes, um ein ernstes Gesicht zu bewahren und seine verschwitzten Handflächen zu verbergen.

„Grace würde uns umbringen", sagte D.J. schließlich.

„Hm", murmelte Adam.

Brooks zuckte mit den Schultern. „Wäre nicht das erste Mal."

Chase hielt stand und blickte den Brüdern in die Augen.

„Sie ist kompliziert." D.J. beugte sich vor und stützte seine Unterarme auf seine Knie.

Dem konnte er sicherlich nicht widersprechen.

„Und sie ist versessen darauf, den Staub dieser Stadt hinter sich zu lassen", fügte Adam hinzu.

Auch das wusste er.

„Aber du gibst nicht auf, oder?", fragte Brooks.

Wortlos nickte Chase.

Brooks lächelte. „Vielleicht muss ich meine Wette ändern."

KAPITEL ACHTZEHN

Vier Uhr konnte nicht schnell genug kommen. Der Mädelsabend hatte bis Mitternacht gedauert und Grace war erst weit nach eins ins Bett gegangen. Nicht, dass es wichtig wäre. Sie war zu aufgewühlt gewesen, um einzuschlafen, und als sie es endlich geschafft hatte, war sie zu aufgeregt gewesen, um lange schlafen zu können.

Die einzige Anweisung war gewesen, keine Jeans zu tragen. Auf dem Bett lagen vier verschiedene Outfits, von denen sie drei in den letzten dreißig Minuten anprobiert hatte. Zwei davon zweimal. Am Ende entschied sie sich für einen Rock mit Blumenmuster und ein lässiges Oberteil in dunklem Lavendel mit U-Ausschnitt. Nicht zu kräftig, aber auch nicht zu hell. Wenn sie nun nicht schnell nach unten eilte, würde sie es sich vielleicht zum x-ten Mal anders überlegen und noch ein paar Möglichkeiten ausprobieren.

„Es ist kein Abendessen mit der Queen", murmelte sie vor sich hin.

„Wenn da wer nicht gut aussieht." Tante Eileen saß in ihrem Lieblingssessel, Steppdeckenquadrate um sie herum verstreut.

„Vielen Dank. Ich dachte, du wärst damit schon weiter?"

„Du denkst an die Decke, die wir für Brittany gemacht haben. Das ist für Brooks und Tonis Baby."

„Kaum zu glauben, dass vor einem Jahr noch kein Kind in Sicht war. Und jetzt haben wir drei."

„Fast drei", korrigierte Tante Eileen. „Sobald das erledigt ist, müssen wir mit einer Decke für Stacey anfangen."

„Findest du nicht, dass sie ein bisschen zu alt für eine Babydecke ist?"

„Natürlich ist sie das. Ihre wird größer. Eher für ein Doppelbett. Deshalb haben wir uns entschieden, die kleineren zuerst zu machen."

„Schön, dass der Club wieder Quilts macht."

Tante Eileen senkte den Stoff auf ihren Schoß. „Apropos schön. Wohin geht ihr beide heute Abend?"

„Ich habe keine Ahnung." Nicht, dass sie nicht versucht hätte, es aus ihm herauszubekommen. Gestern Abend war sie kurz in die Männerhöhle eingedrungen, in der ihre Brüder und Chase sich entschieden hatten, zu überwintern, um ihm ihr Ziel zu entlocken. Aber sie hatte nichts erreicht. Heute Morgen hatte sie unter dem Vorwand angerufen, den Stand des Hausverkauf erfragen zu wollen, aber wieder einmal keine hilfreichen Informationen von ihm erhalten. „Aber", sie warf einen Blick auf die Uhr auf dem Kaminsims, „wir sollten es bald wissen. Es ist genau eine Minute vor –"

Die Türklingel läutete und Grace musste sich davon abhalten, zur Tür zu rennen. Jeder würde denken, dass dies ihr erstes Date war. Ihr allererstes.

„Soll ich gehen?" Tante Eileen legte den Stoff beiseite und grinste. „Du weißt schon, für den großen Auftritt und so."

„Mach dich nicht lächerlich." Grace hatte vielleicht ein wenig die Augen verdreht, aber nur weil sie auf keinen Fall zugeben wollte, dass sie tatsächlich darüber nachgedacht hatte, bevor ihre Tante die Worte ausgesprochen hatte. Sie holte tief Luft und strich sich mit den Händen schnell über die Seiten ihres Rocks, griff nach der Klinke und schwang die große Eichentür auf. „Hallo."

Chase Prescott stand in gebügelten Hosen, einem Button-down-Hemd und einem marineblauen Sakko, das die Farbe seiner Augen unterstrich, in der Tür. „Du siehst wunderschön aus."

„Vielen Dank."

„Möchtest du etwas zu trinken? Im Kühlschrank ist frische Limonade."

„Danke", er drehte sein Handgelenk, „aber wir haben nicht wirklich Zeit."

„Oh." Zu dieser Stunde hatte sie nicht damit gerechnet, dass er es eilig hatte. „Lass mich meine Handtasche holen."

Chase nickte, als sie zu der Kommode ging, auf der sie ihre Tasche abgestellt hatte. Nachdem sie sich die kleine Ledertasche über die Schulter geworfen hatte, kehrte sie an seine Seite zurück. „Sollen wir?"

Mit seiner Hand auf ihrem Rücken führte Chase sie zur Tür hinaus, als sie fast wie versteinert stehenblieb. Vor ihr stand eine weiße Limousine im Leerlauf.

„Wir steigen da ein?"

Er blickte in ihre fragenden Augen und nickte. „Ich hoffe, das ist nicht zu viel."

„Nein." Sie begutachtete den Luxuswagen von Stoßstange zu Stoßstange. „Ich wollte schon immer mal in einer Limousine mitfahren."

Dieses Mal war Chase derjenige, der vor Überraschung stotterte. „Du warst noch nie in einer Limousine?"

Sie schüttelte den Kopf.

„Was ist mit dem Abschlussball?"

„Kleinstadt, erinnerst du dich?"

„Richtig." Er nickte. „Nun denn, Mylady, Ihre Kutsche wartet."

Im Inneren stand eine in einem Eimer gekühlte

Champagnerflasche. Sanfte Blautöne erhellten den Innenraum und eine einzelne rote Rose ruhte auf dem Sitz.

„Zu viel?", fragte er noch einmal.

Sie hob die Rose mit zwei Fingern an, nahm einen langen Zug und glitt auf ihren Platz. „Nein, aber du machst es dem nächsten Typen schwer, diese Einladung noch zu übertrumpfen."

Ein breites Grinsen wandert über sein Gesicht. „Das war meine Absicht."

Etwas mehr als eine Stunde später hatten sie Champagner getrunken, Sinatra, Michael Buble und John Legend gehört und sich über alles Mögliche unterhalten. Von Lieblingsfarben bis hin zu College-Football.

„Du erstaunt mich immer wieder", sagte er kopfschüttelnd. „Du bist eine College-Football-Enzyklopädie."

„Nein. Nur eine Aggie. Ja, man lernt fürs Studium, aber man lernt auch Loyalität, Ehre und eine Menge anderer wertvoller Lektionen fürs Leben. Aber ein Bachelor-Abschluss von A&M wäre nicht vollständig ohne detailliertes Wissen über –"

„Football."

„Ja."

Das Fahrzeug wurde kurzzeitig langsamer und fuhr dann an einer Wachkabine vorbei und durch ein Tor. „Wir sind am Flughafen?" Der kleine, auf halbem Weg nach Butler Springs gelegene Flughafen, war hauptsächlich für Rettungshubschrauber oder die Überwachung der Ranches. Helikopter waren das Ding ihres Bruders. Sie war schon ein oder zwei Mal mit ihm geflogen und hatte deshalb ein schlechtes Gewissen, dass Chase' große Geste nicht so großartig sein würde, wie er wohl hoffte.

Die Limousine hielt an und Chase hüpfte zuerst

hinaus. Er streckte ihr seine Hand entgegen, und sie stieg wie ein Starlet auf dem roten Teppich anmutig aus der Limousine. Chase ein anerkennendes Lächeln schenkend, sah sie sich nach dem Helikopter um. Nur war da keiner. Das Einzige, was zu sehen war, war ein kleines weißes stromlinienförmiges Flugzeug. Ein Privatjet.

Mit der weit geöffneten Tür und der Treppe, die nach oben und ins Innere führte, sprach das Flugzeug jemandem eine Einladung aus. Sie überprüfte die umliegenden Gebäude noch einmal. Ein paar Tore in nahegelegenen Hangars waren offen, aber keine Spur eines Hubschraubers. Ihr Blick wanderte zurück zu dem Privatflugzeug.

„Bereit?", fragte er und führte sie hinaus auf das Rollfeld.

Sie musste wirklich noch einmal hinsehen. Sie gingen direkt auf den Privatjet zu. „Wir werden damit zum Essen fliegen?"

Chase kicherte. „Ist besser als Fahren."

Verblüfft nahm sie die letzten paar Schritte zum Flugzeug und kletterte an Bord. Tausend verschiedene Fragen gingen ihr durch den Kopf. Wie konnte er sich das leisten? Was hatte er dafür verpfändet? Sollte sie ihn das durchziehen lassen? Oder würde sie vielleicht jeden Moment aus einem Traum erwachen?

„Mach es dir bequem."

Drinnen gab es bequeme Sitzgelegenheiten, kleinen Tische und noch mehr Champagner. „Heilige Scheiße."

Wenn dies ein verdammter Traum war, war sie sich nicht sicher, ob sie überhaupt wieder aufwachen wollte.

Soweit, so gut. Obwohl Grace' Kraftausdruck, als sie

das Flugzeug betrat, Chase überraschte, wurde ihm schnell klar, dass sie nicht verärgert, sondern ernsthaft beeindruckt war. Punkt eins für das Team Prescott.

„Wir heben in Kürze ab. Nimm Platz, wo du willst."

Grace stand ein paar Meter von ihm entfernt, prüfte ihre Optionen und entschied sich schnell für den nächstgelegenen Platz. „Darf ich fragen, wohin wir fliegen?"

„Darfst du, aber ich muss es dir nicht sagen."

Eine Augenbraue wanderte hoch auf ihre Stirn.

„Noch nicht." Das Telefon neben Chase klingelte. „Ja, Ted?"

„Wir sind startklar. Ein sonniger, klarer Himmel."

„Perfekt." Ted leistete fantastische Arbeit und Chase wusste, dass alles genau so sein würde, wie er es sich wünschte. Innerhalb von Sekunden nach dem Auflegen füllte sich die kleine Kabine mit einer sanften Jazzmelodie aus dem begrenzten Musikrepertoire, während die Motoren aufheulten und das Flugzeug die Landebahn hinunterraste und vom Boden abhob.

Grace umklammerte ihre Armlehnen und beobachtete aufmerksam, wie der Boden unter ihnen verschwand. „Ich verstehe nicht, wie etwas so Schweres wie ein Vogel fliegen kann, aber ich bin froh, dass es das tut."

„Stimmt." Er saß ihr gegenüber, lehnte sich zurück und wartete darauf, dass sie das Interesse an der Aussicht verlor.

„Du musst viel fliegen, um dein eigenes Flugzeug abrufbereit zu haben." Grace lehnte sich in ihren Sitz zurück, schlug die Beine übereinander und verlagerte ihre Aufmerksamkeit vom Fenster auf Chase.

„Ich fliege überhaupt nicht viel und das ist nicht mein Flugzeug. Gechartert."

„Trotzdem kann das nicht billig sein."

„Das ist alles subjektiv. Für einen arabischen Prinzen sind die Kosten ein Tropfen auf den heißen Stein. Für einen Kassierer im Lebensmittelgeschäft nicht so wirklich."

„Und für dich?"

„Es hilft, dass Ted und ich befreundet sind, seit wir auf dem College zusammengewohnt haben, aber das wird diesen Monat definitiv ein kleines Loch in mein Budget reißen." Er setzte ein breites Lächeln auf, um das Gespräch locker zu halten. „Also was denkst du?"

„Ich denke, ein Mädchen könnte sich daran gewöhnen." So wie ihre Augen aufleuchteten, wusste er, dass er hiermit wohl ihre Träume und Ziele getroffen hatte.

Wenn er diesen Träumen und Zielen jetzt nur eine neue Richtung geben könnte.

„Als ich das letzte Mal geflogen bin, bin ich eingeschlafen. Das mache ich heute aber nicht."

Er liebte ihr Lächeln, wenn sie sich über etwas freute. Dieses Mal war es noch hinreißender und sandte Schockwellen bis in seine Zehen hinab.

„Wie lange dauert der Flug?"

Er blickte auf die Digitaluhr und rechnete schnell nach. „Etwas mehr als eine Stunde."

„Wir sprechen also von neunzig Minuten Flugzeit." Sie blickte mit zusammengekniffenen Augen aus dem Fenster und er konnte beinahe ihre Gedanken lesen.

„Wenn du anfängst, die Flugrichtung über den Sonnenstand herauszubekommen, werde ich Ted bitten, umzudrehen und uns zum Abendessen ins Café zu bringen."

„Ha." Grace brach in schallendes Gelächter aus. „Ich habe wirklich überlegt, dich davon zu überzeugen, dass das hier viel zu viel ist, und wir einfach im Café zu Abend essen sollten."

Er konnte nicht anders, als sie anzugrinsen. Es war

schön, dass sie sich mehr Sorgen um ihn oder seine Finanzen machte, als darum, etwas Neues und möglicherweise Aufregendes zu erleben. Egal, was der Rest der Stadt über Grace' Ambitionen dachte, er würde seinen letzten Dollar darauf verwetten, dass es für Grace, genau wie für Dorothy in Oz, keinen schöneren Ort als zu Hause geben würde.

Noch nie waren sechzig Minuten so schnell vergangen und doch so langsam dahingeschlichen. Das Flugzeug summte ein wenig, als sich das Fahrwerk senkte, und Grace bemühte sich wirklich, die sich schnell nähernde Landschaft nicht anzuschreien. Sie hatte immer noch keine Ahnung, wo sie waren. Chase war kein einziger Hinweis herausgerutscht, egal wie oft sie versucht hatte, ihn dazu zu bringen, einen Fehler zu machen.

Das Flugzeug zuckte beim Aufsetzen auf dem Boden und sie umklammerte ihre Armlehnen etwas fester, nicht aus Angst, sondern aus purer Energie. Keine Ewigkeit fahren zu müssen, um ein Gate zu erreichen, war einer der Vorteile eines kleineren Flugzeugs auf einem Regionalflughafen. Je früher das Flugzeug stoppte, desto eher würde sie wissen, wo sie gelandet waren.

Ungeduldig löste sie ihren Sicherheitsgurt und wartete darauf, dass das Flugzeug zum Stillstand kam. Als Chase aufstand, sprang sie neben ihm auf. Sie streckte die Hand aus, schob ihre in seine und folgte ihm zu der jetzt offenen Tür.

„Viel Spaß bei eurem Besuch." Ted warf ihr ein auffallend verschwörerisches Grinsen zu.

„Ich schreibe dir, wenn wir auf dem Rückweg sind."

Ted nickte und kehrte ins Cockpit zurück.

Am Fuß der Treppe drückte Chase ihre Hand. „Willkommen im Big Easy."

KAPITEL NEUNZEHN

Wieder einmal nahm dieses blendende Lächeln Grace' Gesicht ein und entfachte ein Feuer in ihm. „Sollen wir?"

„Geh voraus."

Immer noch Händchen haltend gingen sie in das kleine Terminal hinein und dann nach draußen, wo eine weitere Limousine auf sie wartete.

Als sie das Luxusauto sah, schüttelte Grace den Kopf und blieb stehen. „Oh, du legst die Messlatte für erste Dates wirklich extrem hoch."

„Du bist mir auf der Spur." Er hatte mit sich gestritten, ob er sie in ein kleines Lokal mitnehmen sollte, in dem es die besten Garnelen-Po-Boys des Staates gab, aber hatte sich letztendlich für ein traditionelles Fünf-Sterne-Dinner entschieden. Schließlich war es sein Vorhaben, ihr das Leben der High Society zu zeigen. „Hungrig?"

„Ich bin am Verhungern, obwohl ich nicht sicher bin, ob ich jetzt einen Bissen essen könnte."

„Oh, ich glaube, du schaffst das."

Er hatte den Fahrer angewiesen, die längere Route durch die architektonisch reizvolleren Teile der Stadt zu nehmen. Ihre *Oohs* beim Anblick der Alleen mit ihren antiken Südstaatenvillen und der alten Straßenbahnen zu hören, hatte dies bereits zum besten Date gemacht, auf dem er je gewesen war. Erstes, zweites oder wievieltes auch sonst.

Die Limousine fuhr eine mehrspurige Allee hinunter und bog in eine schmale Straße, die bereits Spuren des malerischen und berühmten French Quarters aufwies, bevor sie an einem alten Backsteingebäude mit einem großen Holztor zum Stehen kam.

Im Sauseschritt umrundete der Chauffeur die Motorhaube, um die Tür für seine Passagiere zu öffnen.

Chase war der Erste, der ausstieg. „Ich gebe Bescheid, wenn wir Sie wieder brauchen."

„Jawohl. Und wenn Sie nach einem netten Plätzchen für nach dem Essen suchen, mein Cousin Louie spielt von zehn bis drei im *Belle Mere's* um die Ecke."

„Das werde ich mir merken. Vielen Dank." Als er sich zum Eingang wandte, breitete sich Unbehagen in Chase' Brust aus. Vielleicht hätte sie einfache Kost bevorzugt. Aber jetzt war nicht die Zeit zum Grübeln. Er stieß das Tor auf und folgte der tunnelartigen Backsteinhalle den ganzen Weg bis zu einem unter freiem Himmel liegenden Innenhof, wo sein Unbehagen verflog, als er den begeisterten Ausdruck auf Grace' Gesicht sah.

„Es ist wunderschön." Ihr Blick fiel auf das traditionelle französische Dekor, vermischt mit für New Orleans typischen Stilen. „Du weißt definitiv, wie man Schulden begleicht."

„Ich bin froh, dass es dir gefällt."

Eine zierliche dunkelhaarige Frau erschien hinter dem schweren hölzernen Podium. „Reservierungen?"

„Prescott."

„Zwei Personen. Ja, folgen Sie mir."

Unter freiem Himmel händchenhaltend, mit gedämpften dekorativen weißen Lichtern über ihnen und sanften Melodien, die im Hintergrund spielten, war Chase sich sicher, dass er die richtige Wahl getroffen hatte.

Grace suchte die Umgebung ab, als sie zu dem

Ecktisch gingen, den er reserviert hatte. „Ich wette, die Meeresfrüchte hier sind ein Traum."

„Oh, bitte nicht einschlafen." Als er an ihrem Tisch ankam, ließ er ihre Hand los und stellte sich hinter ihren Stuhl. „Heute Abend habe ich noch viel mehr vor."

Sie strahlte ihn an, stellte sich auf die Zehenspitzen und küsste ihn leicht auf die Wange, bevor sie sich auf ihren Platz setzte. Nach der Hälfte des Abendessens kribbelte seine Wange immer noch vor Wärme von ihrer kaum vorhandenen Berührung.

Gesprächsthemen fanden sich leicht, so wie schon immer mit ihr. Sie hatte geradezu gestöhnt, als sie ihren Wolfsbarsch kostete, und er musste einen großen Schluck Wasser nehmen, um der Aufregung entgegenzuwirken. Als die Zeit für den Nachtisch gekommen war, lehnte er höflich das Angebot des Kellners ab und ignorierte den überraschten Ausdruck auf Grace' Gesicht. „Wir haben noch viel vor", erklärte er

„Dessert kann ich überall essen." Sie belohnte ihn mit einem weiteren großartigen Lächeln.

Er legte ihr vorsichtig eine Hand auf den Rücken und führte sie auf dem Weg hinaus, auf dem sie hereingekommen waren. Von einer großen weißen Kutsche mit einem Pferd derselben Farbe begrüßt, winkte Chase dem Kutscher zu. „Mylady, Ihre Kutsche."

„Oh, das ist so cool." Sie zog ihren Rock leicht hoch und kletterte hinauf. „Es ist offiziell", sie sah nach links und dann nach rechts. „Das ist nicht wie die sommerlichen Heufahrten der Bradys."

„Nein. Ich wette, das ist es nicht", stimmte er erfreut zu, als sie sich für die Dauer der mäandrierenden Fahrt durch das French Quarter an ihn kuschelte, bis die Kutsche zu ihrem endgültigen Halt kam. „Ich hasse es, das sagen zu müssen, aber wir sind da."

„Da?" Grace richtete sich auf und sah sich um. „Café du Monde!"

„Man kann nicht nach New Orleans kommen und keine Beignets essen."

„Nachtisch", fügte sie hinzu.

„Man muss Naschkatzen ja irgendwie befriedigen."

„Bei dem Tempo, das du vorlegst, befriedigt der heutige Abend viel mehr als nur Naschkatzen."

Oh ja, das hoffte er.

Das musste das tollste Date sein, das ein Mädchen je gehabt hatte. Flug in einem Privatjet, Fahrten in einer Limousine und einer Pferdekutsche, gekrönt von einem Fünf-Sterne-Menü mit einem gutaussehenden, süßen Mann. Nicht einmal Aschenputtel hatte es so schön gehabt. Grace war sich sicher, dass sie irgendwann blinzeln und erkennen würde, dass das Ganze nur ein Traum war. Obwohl es schön gewesen wäre, wenn der Traum nicht beinhaltet hätte, sich selbst mit Puderzucker zu bestäuben, während sie das Beignet wie ein Kleinkind, das zum ersten Mal Zucker schmeckte, in sich stopfte.

„Hast du Lust auf einen kleinen Spaziergang?"

„Unbedingt. Ich folge dir."

„Du sagst das immer wieder, aber mach mich nicht dafür verantwortlich, wo wir landen."

„Versprochen." Wenn dies ein Traum war, könnte sie ihn genauso gut ausleben, wie sich das gehörte.

Chase ging mit ihr die Straße hinunter und durchquerte den Jackson Square. „Das ist einer der bekanntesten Plätze in Louisiana. Möglicherweise im ganzen Land."

„Dallas hat einige schöne alte Viertel. Charmante Häuser, die in ein Künstlerviertel verwandelt wurden, oder moderne Residenzen, umgeben von jungen Erwachsenen und Unterhaltung in Hülle und Fülle, aber nichts dergleichen." Sie sah sich um. Die meisten Leute tummelten sich auf den Straßen außerhalb des Parks. Hier fühlte sie sich frei von den Einschränkungen und der Klatschmühle der Kleinstadt, weshalb sie ihre Schuhe auszog und in den Brunnen kletterte. „Schau mich an!", quietschte sie.

Chase fiel die Kinnlade herunter und seine Augen traten heraus. Für eine Sekunde dachte sie, sie würde gleich sehen, wie sich der sanftmütige Ladenbesitzer in den Hulk verwandelte, aber stattdessen fiel sein Kopf zurück und er bellte vor Lachen.

„Möchtest du dich mir anschließen?"

Er schüttelte den Kopf. „Einer von uns muss gesetzestreu bleiben, um den anderen aus dem Gefängnis zu holen."

Sie beugte sich vor, sammelte Wasser in ihren Händen und schwang ihre Arme in einem ungeschickten Versuch, ihn zu bespritzen, nach vorne. Doch er sprang zu schnell zurück. „Spielverderber."

In der Dunkelheit der Nacht gingen die meisten Menschen um den Park herum, nicht durch ihn hindurch. Sie konnte sehen, wie Chase seine Optionen abwägte.

„Feigling", kreischte sie.

Es dauerte nur wenige Sekunden, bis er aus seinen Schuhen schlüpfte, seine Socken auszog und seine Hose hochkrempelte. „Wenn wir verhaftet werden, *no hablo inglés*."

Diesmal brach sie in Gelächter aus und rannte um den Brunnen herum auf die andere Seite. Das Nächste, was sie bemerkte, war, dass sie eine seltsame Version von Fangen spielten. Sie hatte keine Ahnung warum, aber plötzlich fragte sie sich, warum sie davonlief. Immer noch kichernd vor Aufregung, verlagerte sie ihr Gewicht nach links und täuschte nach rechts an, doch er musste die Bewegung kommen gesehen haben, da sie fast den Halt verlor, als er seine Arme um sie schlang.

„Wir sollten hier raus, bevor jemand die Polizei ruft", murmelte er leise.

Sie spürte die Wärme seines Atems auf ihrem Gesicht und nickte. „Ja, ich schätze, das sollten wir."

„Ja", wiederholte er Sekunden bevor seine Lippen ihre eroberten.

Jegliche Logik entglitt ihr, als sie in dem kribbelnden Kuss versank. Wenn sie verhaftet werden würden, war es das wert.

„*Jeremiah was a bullfrog*." Den Kopf in den ledernen Flugzeugsitz zurückgelehnt, sang Grace laut die Zeilen des bekannten Liedes mit, lachte dann und schüttelte den Kopf: „Wie ist ein Lied mit einem solchen Namen so berühmt geworden?"

„Genauso wie *Lemon Tree* damals die Spitze der Charts erobert hat." Chase hatte sich entschieden, wieder gegenüber von Grace zu sitzen. Nicht sehr kuschelig, aber die klügste Art, sich davon abzuhalten, etwas zu tun, was ihm höchstwahrscheinlich eine Ohrfeige einbringen würde.

Vom Platz waren sie noch ein paar Blocks weiter ins *Pat O'Brien's* gegangen, der Heimat des berühmten Hurricane-Cocktails. Sein Plan war gewesen, ein paar verschiedene Clubs zu besuchen. Hoffentlich zumindest einen mit etwas leichterem Jazz und einer Tanzfläche, aber sie hatten in der beliebten Pianobar so viel Spaß beim Singen gehabt, dass die Sache, die in dieser Nacht dem Tanzen am nächsten gekommen war, die kurze Verbindung ihrer Lippen im Springbrunnen gewesen war.

„Das lag nur an den stimmlichen Fähigkeiten von Peter, Paul und Mary." Ihre Augen schlossen sich. Er dachte, sie wäre eingeschlafen, als sie lächelte. „Ich hatte eine schöne Zeit. Danke dir."

„Ich danke *dir*."

Gähnend öffnete sie die Augen und hob den Kopf. „Gibst du dir immer so viel Mühe, wenn du ein Mädchen zum Abendessen ausführst?"

„Das war definitiv eine Premiere für mich."

Ihre Augen verengten sich. Entweder in Gedanken oder vor Erschöpfung, er war sich nicht sicher, was davon er bevorzugte.

„Warum dann bei mir?", fragte sie.

„Du sagtest, du hättest den Besuch in New Orleans vor ein paar Jahren verpasst."

Ihr Kinn senkte sich. „Ja habe ich."

„Das Schöne daran, dass Texas mitten im Land liegt, ist, dass es einfach ist, ziemlich schnell überall hinzukommen."

„So einfach auch wieder nicht. Dallas ist ein wichtiges Drehkreuz für Flüge, und ich habe es in den letzten drei Jahren nicht weiter als nach Hause nach Tuckers Bluff geschafft."

„Das ist anders. Du hast studiert. Sobald du dich in einen Vollzeitjob eingelebt hast –"

„bekomme ich zwei Wochen im Jahr Urlaub."

„In der freien Wirtschaft, ja. Zumindest anfangs. Natürlich bekommen beim Staat Angestellte mehr Urlaub, aber reich wird man damit nicht."

„Nein, wird man nicht."

„Und du machst das wegen des Geldes?"

Sie blinzelte. „Zum Teil."

„Und zum restlichen Teil?"

Jetzt lächelte sie. „Für die Aufregung, das Leben wirklich zu leben. Wie heute Abend."

„Es ist schon komisch, dieses schnelle Leben zu führen."

„Wieso?"

„Manchmal ist es schwer, den Wald vor lauter Bäumen zu sehen."

Grace rümpfte die Nase. „Oh, es ist viel zu spät oder vielleicht auch viel zu früh, um in Metaphern zu sprechen."

„Menschen, die in großen oder berühmten Städten aufwachsen, wissen nicht wirklich alles zu schätzen, was die Stadt zu bieten hat. Die einzigen Male, in denen ich nach New York City fuhr und Sachen unternahm, die Touristen machen, wie den Besuch der Freiheitsstatue, des Empire State Buildings, ein Abendessen oder eine Broadway-Show, war, wenn ich Besuch bekam. So wie du seit Jahren nicht mehr auf einem Pferd gesessen hast, bis du mich herumführen musstest."

„So viele Jahre waren das auch wieder nicht." Sie runzelte die Stirn.

„Das Pferderennen zwischen uns an jenem Tag, war so aufregend wie alle Deals, die ich je gemacht habe. Und viel besser als jede Nacht in der Stadt – die heutige Nacht ausgenommen."

Ihr Stirnrunzeln hob sich zu einem warmen, fast neckenden Grinsen. „Es war ziemlich aufregend."

„Es ist nicht der Ort, es ist die Gesellschaft."

„Da stimme ich dir zu. Ich glaube definitiv, dass ich heute Abend viel mehr Spaß mit dir hatte, als ich je auf einem Junggesellenabschied mit den Mädels gehabt hatte."

„Das nehme ich als Kompliment."

„Bitte. So war es auch gemeint."

Ihre Augen schlossen sich und er wünschte sich, sie säßen eng nebeneinander, so wie auf der Kutschenfahrt. Er wünschte sich, dass so viele Dinge einfacher wären.

Wieder in Texas zu landen, war so ziemlich das Gegenteil davon gewesen, Texas zu verlassen. Die Limousine hatte brav auf ihre Ankunft gewartet. Dieses Mal jedoch saßen sie, anders als im Flugzeug, Seite an Seite, ihren Kopf an seiner Schulter. Sie war in einen tiefen Schlaf gefallen, bevor sie wirklich die Augen schließen konnte. Viel früher, als er wollte, würden sie wieder auf der Ranch sein. Aber daran konnte man nichts ändern. Für den Rest der Fahrt würde er den Moment genießen. Nur für den Fall, dass es der letzte Moment sein würde, den er mit Grace Farraday allein verbringen würde.

KAPITEL ZWANZIG

Grace brauchte all ihre Selbstdisziplin, um sich an diesem Morgen in der Kirche wach zu halten. Sie wusste, dass Chase sie gestern zur Tür gebracht und dann hineinbegleitet hatte, aber das war auch schon alles, an das sie sich erinnerte. Sie war sich aber ziemlich sicher, dass sie sich erinnern würde, hätte er ihr einen Gutenachtkuss gegeben.

Selbst jetzt war sie sich nicht ganz sicher, ob sie die ganze Sache nicht geträumt hatte. Wie viele normale Kerle flogen ein Mädchen in den nächsten Staat, um mit ihr zu Abend zu essen und danach mit ihr auszugehen. Selbst wenn sie besonders waren. Und Chase war, was besonders anging, ganz oben mit dabei, auch wenn er nicht mit ihr zum Abendessen nach New Orleans geflogen wäre.

„Unter welchen Traktor bist du denn geraten?" Catherine kam mit ihrer Tochter Stacey durch die Hintertür herein. „Sorry, dass ich die Kirche verpasst habe, aber es war ein verrückter Morgen."

„Was ist los?" Grace stand neben ihrer Tante und würfelte Tomaten.

„Süße, warum gehst du nicht mit – wo sind die Männer?"

„Father Tim wollte noch etwas für die Hochzeit nächste Woche herrichten, also sind Dad und meine Brüder geblieben, um zu sehen, ob sie ihm helfen können. Sie sollten bald zuhause sein."

„Oh. Okay." Sie wandte sich wieder ihrem kleinen Mädchen zu. „Warum malst du nicht im anderen Zimmer?" Catherine musste ihre Tochter nicht zweimal fragen. Stacey stürmte begeistert aus dem Raum. Wahrscheinlich um der nächste Pablo Picasso zu werden. „Es geht um das neue Pferdetherapieprogramm, das wir machen wollten. Es ist viel komplizierter, als ich erwartet hatte."

„Aber du bist eine gute Anwältin", Tante Eileen blickte von ihrem Platz am Ofen auf.

„Prozessanwältin, ja, absolut. Aber Non-Profit ist nicht mein Fachgebiet. Das Wenige, was ich im Jurastudium gelernt habe, habe ich größtenteils vergessen. Und ich meine wenig. Dazu kommen noch so viele andere Komplikationen. Wenn wir uns auf kleine Kinder spezialisieren, haben wir ein Problem, und wenn wir uns auf Erwachsene spezialisieren, haben wir ein anderes."

„Aber du willst das Programm für Erwachsene machen, oder?" Grace hatte es neulich so deutlich in den Augen ihrer Schwägerin gesehen.

„Es ist zu viel. Stacey, bis sie nächstes Jahr den ganzen Tag zur Schule geht, zu Hause zu haben und die ganzen Angelegenheiten für den Ranch-Teil der Ranch zu erledigen –"

„Im Gegensatz zum Nicht-Ranch-Teil?" Die Frage in Tante Eileens Stimme war klar.

„Richtig. Die rechtlichen Angelegenheiten bezüglich des neuen Stalls und des Pferdekaufs halten mich auf Trab."

„Ganz zu schweigen von dem bisschen juristischer Arbeit, die du für die Leute hier in der Stadt machst", unterbrach Tante Eileen.

„Exakt. Ich konnte beim Finanzamt den Non-Profit-Status für meine Arbeit beantragen und die notwendigen Änderungen für das aktuelle Projekt vornehmen, aber das ist erst der Anfang. Ich werde wohlmöglich mein ganzes Leben lang mit Papierkram und Bürokratie verbringen."

Im Hinterkopf ging Grace alle Gespräche durch, die sie bezüglich Connors Stall, die Pläne für eine Pferdetherapie und das neueste Gesprächsthema, *Dale*, geführt hatten. „Ihr wollt das alles machen, um Dale zu helfen, nicht wahr?"

Catherine nickte. „Soweit ich weiß, ist jeder in dieser Familie Dale mindestens einmal begegnet."

„Mindestens." Tante Eileen sah Catherine an. „Er war ein paar Mal mit D.J. unterwegs und blieb bei uns über Nacht. Sehr netter junger Mann."

„Und D.J. will nicht erzählen, was passiert ist, aber der Unterton des Gesprächs, das ich zwischen ihm und Connor mitbekommen habe, schrie geradezu posttraumatische Belastungsstörung."

„Hannah sagte, dass Pferdetherapie dabei Wunder bewirken könnte."

Catherine tippte sich an die Nasenspitze. „Gib dem Mädchen einen Preis."

„Kann ich helfen?" Grace hatte nicht wirklich darüber nachgedacht, die Worte sprudelten einfach heraus. Technisch gesehen war sie schließlich Anwältin, und alle ihre Vorlesungen über gemeinnützige Organisationen waren noch nicht annähernd so lange her wie die von Catherine. Vielleicht könnte sie eine zusätzliche Woche bleiben … oder zwei und helfen, die Dinge vorzubereiten.

„Wirklich?" Catherine strahlte wie ein Weihnachtsbaum. „Das wäre großartig! Das Einzige, was schrecklicher ist, als diese Art von gemeinnütziger Organisation zu gründen, ist, das verdammte Ding zu leiten. Ich kann einfach nicht –"

„Moment." Grace hob ihre Hand. „Ich meinte etwas Hilfe bei den Anträgen, bis ich zurück nach Dallas gehe."

„Oh." Catherines Gesicht verzog sich fast so schnell wie das von Tante Eileen. „Ja, Entschuldigung. Jede Hilfe ist willkommen. Ich glaube, D.J. will nach den Flitterwochen nach Dallas, um Dale zu besuchen. Ich weiß nicht, wie sein Gesundheitszustand bis dahin sein wird, aber so, wie ich meinen Schwager kenne, erwarte ich, dass er Dale hierher bringt, um sich zu erholen, ob es dem Mann gefällt oder nicht."

Es klopfte an der Hintertür, Sekunden bevor Sam, der einzige Rancharbeiter, der für die Familie arbeitete, in der Tür erschien. „Entschuldigung, dass ich störe."

„Sam", Tante Eileen drehte sich zur Tür um. „Ich dachte, du würdest heute dein Mädchen besuchen?"

„Nein, ich war auf dem Weg nach Butler Springs, als Officer Reed auf meinem Handy anrief. Ihr wart noch in der Kirche. Er sah eine unserer Kühe am Straßenrand weiden."

„Eine von unseren?", wiederholten Grace und Tante Eileen.

„Ja. Es hat sich herausgestellt, dass unten auf der östlichen Weide ein Stück Zaun kaputt ist."

Sie hatte fast erwartet, dass es dieselbe Weide sein würde, auf der sie und Chase neulich gepicknickt hatten. „Wie schlimm ist es?"

„Nicht sehr, aber es muss repariert werden und ich hatte gehofft, etwas Hilfe zu bekommen."

Ohne zu zögern, nickte Grace. „Gib mir fünf Minuten, um eine Jeans anzuziehen, und wir kümmern uns um die Sauerei."

„Kein Problem. Danke, Grace. Soll ich Princess für dich satteln?"

„Das wäre großartig." Grace nickte. Ein paar Minuten später saß Grace im Sattel und ritt neben Sam in Richtung der östlichen Weide, um den Zaun zu reparieren. So viel zum High-Society-Leben. Privatjets an einem Abend und Jeans und Kuhmist am nächsten

Morgen. Sie hatten es fast bis zum Ende der Weide geschafft, als der umgestürzte Teil des Zauns in Sicht kam.

„Scheiße. Entschuldigung", Sam zuckte zusammen. „Ich dachte, ich hätte eine anständige vorübergehende Lösung gefunden. Ich frage mich, wie viele Kühe wir noch verloren haben. Wir treffen uns am Zaun." Ohne auf eine Antwort zu warten, beugte sich Sam nach vorne und er und sein Pferd hoben ab, als würden sie am Kentucky Derby teilnehmen.

„Jetzt geht das schon wieder los. Komm schon, Princess." Grace stieß das Pferd in die Seite. „Was ist nur mit all diesen Männern, dass sie denken, sie könnten mich schlagen?"

Chase folgte D.J. ins Haus der Farradays. Nach der Kirche würde Tante Eileen keine Entschuldigung zulassen, dass er nicht zum Essen vorbeikam. Jetzt war er einfach froh, einen weiteren Vorwand zu haben, Grace so kurz nach gestern Abend wiederzusehen.

„Im Haus ist es furchtbar ruhig", rief D.J. aus dem Wohnzimmer, während Chase und seine Brüder ihm folgten.

„Catherine und Stacey sind in der Scheune", Tante Eileen wischte sich die Hände ab, „Grace und Sam wollten einen umgestürzten Zaun reparieren."

„Umgestürtzt?" Finn kam um die Ecke. „Wo?"

„Ostweide. Mindestens eine Kuh ist entkommen."

Finn nickte. „Ich ziehe mich um."

„Ich auch", begann Connor, als die Hintertür aufflog.

„Ups." Grace kam herein, schlug sich ihren Hut an die Seite und schloss leise die Tür. „Sam überprüft, wie viele Kühe geflohen sind. Ich bin gekommen, um Verstärkung zu holen. Ihr solltet eure Klingeltöne wieder einschalten."

Alle zogen gleichzeitig, fast wie ein Wasserballett, ihre Handys heraus, tippten darauf herum und schoben sie wieder an ihren Platz.

„Tut mir leid", sagte ihr Vater als erster.

„Connor und ich werden aufsatteln." Finn war schon auf halbem Weg zur Treppe.

„Was ist mit dir?" Grace sah Chase an. „Möchtest du ein paar entlaufene Kühe zusammentreiben?"

Er warf einen Blick auf seine Hosen und Slipper. „Ich bin nicht wirklich dafür angezogen."

„Stadtjunge", lächelte sie.

„Oh Mist." Tante Eileen schnippte mit den Fingern. „Das ist gestern angekommen, nachdem du gegangen bist. Ich wollte es dir vor der Kirche geben, aber es ist mir entfallen. Irgendein offiziell aussehender Müll."

Stirnrunzelnd nahm Grace den Umschlag von ihrer Tante entgegen und ihre Augen weiteten sich beim Anblick der Absenderadresse.

Der Instinkt, der Chase immer sagte, wann einer seiner Börsendeals in Gefahr war, ließ seinem Bauch verkrampfen.

Jede kleine Bewegung, die Grace mit unnötiger Finesse machte, um den Brief zu öffnen, fühlte sich für Chase wie in Zeitlupe an, und jede Sekunde, die verging, drehte den Knoten, der sich in seinem Magen bildete, enger. Zum ersten Mal, seit er in diese verschlafene Stadt im Rockwelle-Stil gefahren war, wurde Chase klar, dass es ihm nicht annähernd so wichtig war, wo er wohnte, sondern mit wem er zusammenlebte. Und für ihn stand diese Person nervös vor ihm. Er wusste nicht wie oder verstand warum genau, aber in etwas mehr als einer Woche hatte er sich unsterblich in Grace Farraday verliebt.

Grace entfaltete das Papier und überflog schnell die erste Seite. Als sie die letzte Zeile erreichte, hatte ein Grinsen, das breit genug war, um den Hudson zu überspannen, ihr Gesicht eingenommen. „Ich bin drin!", quietschte sie und warf ihre Arme um Tante Eileen, die ihr am nächsten stand.

„Das ist schön, Schatz. In was?"

Grace wirbelte herum und warf ihre Arme um Adam, der hinter sie getreten war, um ihr über die Schulter zu blicken. „In der besten internationalen Steuerkanzlei an der Ostküste."

„Was?" Ihr Vater griff nach dem Umschlag, der jetzt auf dem Tisch lag.

„Ich bin drin!" Wieder wirbelte sie herum und warf dieses Mal ihre Arme um Chase.

Er brauchte eine Sekunde, um den Kloß in seinem Hals herunterzuschlucken. Langsam hoben sich seine Hände und er legte sie um ihre Taille. Dann drückte er sie fest und erwiderte die überschwängliche Umarmung, wobei er das Gefühl, sie zu halten, tief in seinem Kopf verankerte. „Herzlichen Glückwunsch", murmelte er an ihrem Ohr.

Immer noch in seinen Armen, versteifte sie sich, zog sich vorsichtig zurück und hielt einen Moment inne, um ihm in die Augen zu blicken, bevor sie ganz zurücktrat. „Danke."

„Würde mir das bitte jemand erklären", sagte D.J..

Sean Farraday stand mit versteinertem Gesicht und wie angewurzelt da und reichte seinem Sohn den Umschlag.

D.J. blickte darauf. „New York?"

„Das ist unglaublich. Da ich vor meinem Abschluss keine Antwort bekommen hatte, dachte ich, ich wäre nicht im Rennen."

Adam zog die Seiten aus Grace' Hand und unterbrach so ihren Augenkontakt. Er war sich nicht sicher, was er sagen oder wie er die Worte finden sollte.

„Ich dachte, du wolltest nicht als Anwältin praktizieren?" Adam überflog die Seiten.

Grace' Blick huschte zu Chase und zurück. „International war die Ausnahme."

Fassungslos schien das Wort der Stunde zu sein. Zumindest fühlte sich Chase nicht ausgeschlossen, nicht einmal ihre Familie wusste, was sie getan hatte.

Jetzt stellte sich Tante Eileen neben ihren Neffen und nahm ihm den Umschlag aus den Fingern. „Ich verstehe das nicht", sagte sie und murmelte etwas anderes über einen Hund.

Finns Handy klingelte. Er drehte sich mit dem Rücken zur Küche und antwortete. „Ja, verstanden. Sind auf dem Weg." Er steckte das Handy wieder in seine Tasche. „Kommt noch jemand außer Connor und mir mit?"

„Ich." Grace drehte sich zu ihrem Bruder um.

„Nein." Finn schüttelte den Kopf. „Musst du nicht."

„Aber –"

„Du solltest hierbleiben", sagte er leise, bevor er davoneilte, um sich schnell umzuziehen.

Chase ließ seine Lippen fest zusammengepresst, aber er wollte unbedingt dasselbe tun. Grace bitten zu bleiben.

Wie zum Teufel konnte etwas so Wunderbares so schrecklich bedeutungslos wirken? Wochenlang, nachdem sie ihren Lebenslauf und ihre Bewerbung, einschließlich der Empfehlung ihres Professors, eingereicht hatte, hatte es Grace vor Aufregung fast zerrissen. Ihr Professor und der Seniorpartner der

Kanzlei waren alte Freunde. Sie hatte gehofft, das würde ihr einen Vorteil verschaffen. Aber selbst nach all dieser Zeit und ohne eine Antwort hatte sie die Hoffnung, dass sie es sich noch einmal überlegen würden, nie ganz aufgegeben. Ihr Verstand wusste, dass es eine verlorene Sache war, aber ihr Herz konnte mit dieser Enttäuschung nicht umgehen. Warum also, um alles in der Welt, stand sie mit der besten Nachricht für ihre baldige Karriere mitten in ihrer Küche und fühlte sich, als hätte sie zu Weihnachten ein leeres Geschenk bekommen?

Finn kam die Treppe heruntergepoltert und hastete an allen vorbei. „Wartet mit dem Essen nicht auf mich."

„Dein Vater ist schon draußen und holt die Hunde."

Die Badtür öffnete sich und D.J. kam in Jeans heraus. Grace hatte nicht einmal bemerkt, dass er gegangen war. Tatsächlich war Adam auch nicht mehr in der Küche. Die Hintertür knallte auf und zu, und weitere stampfende Füße kamen die Treppe herunter. Auch Adam hatte sich alte Arbeitskleidung angezogen. In diesem Haus gab es sicherlich genug Schränke mit Jeans und Hemden, um eine ganze Armee einzukleiden.

„Wartet mit dem Essen besser nicht", entgegnete auch Adam und eilte zur Hintertür hinaus. Es war nicht abzusehen, wie viele Kühe vor Einbruch der Dunkelheit zusammengetrieben werden mussten.

„Ich gehe." Sie zog ihre Handschuhe aus den Taschen und wandte sich an Chase. „Wenn du mitkommen willst, ich bin sicher, es gibt irgendwo eine Jeans, die dir passt."

Sie war überhaupt nicht überrascht, als Chase nickte. Der Kerl war ein guter Freund. Definitiv ein guter Freund.

„Folge mir." Tante Eileen ging zur Treppe. „Ich

werde dir etwas suchen."

„Ich werde dir ein Pferd satteln", rief Grace ihnen nach.

Chase nickte und Grace machte einen Schritt in Richtung Tür. Dann stoppte sie, um den Arbeitsvertrag zu holen, den einer ihrer Brüder auf den Tisch gelegt hatte. Der perfekte Job. Ein Leben in der Stadt, die niemals schläft. Reisen zu spannenden Orten auf der ganzen Welt. Ja, sie würde viel arbeiten, aber nicht einmal die fleißigsten Anwälte arbeiteten rund um die Uhr. Zumindest meistens. Aber sicher nicht, wenn sie in Paris, Rom oder London waren.

Die Kombination aus Finns brüllenden Anweisungen und synchron auf den harten texanischen Lehm aufschlagenden Hufen lenkte Grace' Aufmerksamkeit von dem überaus wichtigen Brief ab. Ihre Brüder wollten das tun, was diese Familie am besten konnte, sich umeinander kümmern. Auch um die Rinder, aber noch mehr um einander. Und wie zum Teufel sollte sie das tun, wenn ein halber Kontinent oder sogar einen Ozean zwischen ihnen lag?

„Er ist gleich unten." Tante Eileen kam in die Küche und zog Grace in eine rippenbrechende Umarmung. „Ich vermisse dich jetzt schon."

„Ich liebe dich auch", murmelte Grace schweren Herzens. Wieso muss das so schwierig sein.

„Bereit." Chase setzte ein Lächeln auf, das sich nicht sehr aufrichtig anfühlte, aber er versuchte es zumindest.

„Die Jungs sind schon unterwegs. Lass uns gehen."

„Ich weiß nicht, ob ich eine große Hilfe sein werde. In Manhattan gibt es nicht viel Vieh, das zusammengetrieben werden muss."

„Wir machen nicht viel. Die Hunde erledigen die meiste Arbeit, aber wir müssen uns wahrscheinlich in verschiedene Richtungen verteilen. Also je mehr von uns, umso besser."

„Aha."

„Hoffentlich geht es schnell."

„Ist die ganze Herde weg?"

Grace schüttelte den Kopf. „Aber genug, dass es auffällt." Sie hatten den halben Weg zur Scheune geschafft, als eine dicke Maus über den Weg rannte. „Ich hasse es, wenn sie …" Ihre Worte und Schritte verlangsamten sich, als eine Katze vor sie sprang, was sie fast zum Stolpern brachte.

„Whoa." Chase streckte die Hand aus, um sie zu stützen. „Ich schätze, Katzen sind doch nicht die Lösung für Nagetierprobleme."

Er hielt sie immer noch an ihren Armen, als ein weiterer Schatten in ihrem peripheren Sichtfeld aufblitzte. Nur dieser war viel größer als eine Maus oder eine Katze. Tatsächlich sauste nicht allzu weit entfernt ein Kojote über das Land, der zweifellos die Katze jagte. Der Kreislauf des Lebens.

„Bist du okay?"

„Ja, ich bin –" Plötzlich flog Grace rückwärts. Chase' Hände legten sich um ihre Taille und sie spürte, wie sie stolperte und stürzte. Er drehte sie im Fall, sodass er rücklinks auf dem Boden und sie flach auf ihm zum Liegen kamen. „Okay."

„Gut", murmelte er. „Was zum Teufel ist gerade passiert?"

Neben ihnen antwortete ein lautes, tiefes Bellen. Sie und Chase drehten sich um und sahen Gray über sich stehen. Sie hatte keine Ahnung, ob das Tier lächelte oder sie auslachte, aber als sie sich bewegte, um von Chase herunterzusteigen, hatte der Hund die Nerven, sie anzuknurren.

„Du solltest dich besser nicht bewegen."

„Ich bin schwer."

Ein leichtes Lächeln zog an einer Seite von Chase'

Mund. „Nicht so schwer.“

„So schwer?“

„Okay“, sein Lächeln wurde breiter, „überhaupt nicht schwer.“

„Das ist besser.“

Gray trat einen Schritt zurück und sie hätte schwören können, dass er nickte.

„Sieht aus, als würde der Hund von Baskerville abziehen.“ Grace stützte sich auf ihre Ellbogen.

Der struppige Streuner kam wieder näher und zeigte mit einem leisen Grollen seine Zähne.

„Oder auch nicht“, sagte Chase und lächelte aus irgendeinem Grund immer noch.

„Scheiße. Was sollen wir jetzt tun? Glaubst du, ich kann wenigstens von dir herunterrollen?“

„Du kannst es versuchen.“ Er bemühte sich um ein Achselzucken, aber als Grace ihr Gewicht auf eine Seite verlagerte, bewegte sich der Streuner zentimeterweise näher und zeigte wieder seine Zähne. „Ich glaube nicht.“

„Also muss ich einfach hier oben auf dir bleiben, bis jemand kommt und ihn verscheucht?“

Immer noch grinsend, schien Chase sich etwas zu entspannen. „Ich könnte mir schlimmere Orte für dich vorstellen.“

„Wie zum Beispiel?“

Sein Lächeln verschwand. „New York.“

„Glaubst du nicht, dass es mir gefallen wird?“

„Ich denke, du wirst es lieben, zumindest für eine Weile. Ich bin derjenige, dem es nicht gefallen wird, wenn du dort bist.“ Er schluckte schwer, hielt aber seine Augen fest auf ihre gerichtet. „Vor allem, wenn ich nicht bei dir bin.“

„Bei mir?“ Ihr Herz machte einen gewaltigen Satz und all das Adrenalin, die Energie und die Freude, die sie wegen der Nachricht über ihren Umzug nach New

York hätte haben sollen, begannen plötzlich aus einem ganz anderen Grund in ihr zu brodeln. „Du willst bei mir sein?"

Chase nickte, sein Blick immer noch auf ihrem fixiert. „Unbedingt."

„Auch in New York?"

Er holte tief Luft und nickte erneut. „Ich hätte dich lieber hier bei mir, aber ja, sogar in New York."

Sie konnte sich nicht entscheiden, was sie tun oder sagen sollte. Aber all die Aufregung, die noch vor einem Moment zu köcheln begonnen hatte, schien wieder zu verblassen. „Sag das nochmal."

„Auch in New York?"

Sie wartete darauf, etwas zu fühlen. Irgendetwas. Aber nichts. „Das davor. Wiederhol, was du vorher gesagt hast."

Seine Brauen zogen sich vor Verwirrung zusammen. „Dass ich bei dir sein will?"

Der schnelle Takt von Freude und Aufregung pochte gegen ihren Brustkorb. „Ja, dieser Teil. Erzähl mir mehr."

„Über ...."

„Sei nicht so stumpf. Uns."

Zwei dunkle Brauen schossen hoch auf seine Stirn und wurden eine Sekunde später durch ein Lächeln ersetzt. Er drückte sie sanft an sich und legte ihren Kopf auf seine Schulter, sodass sie das schnelle Pochen seines Herzens hören konnte. „Ich sehe, wie du in einer antiken freistehenden Badewanne einweichst und dich dann zu mir auf die Verandaschaukel gesellst, um den Sonnenuntergang anzusehen. Ich sehe lange Wochenenden in Städten, in denen du noch nie warst, und viele Sonntage mit der Familie, die du liebst. Ich sehe, wie Stacey mit der Hilfe ihrer Tante zu einer herausragenden Reiterin heranwächst." Er drückte sanft ihre Schulter. „Tagsüber sehe ich eine schöne Frau, die bei allem, was sie will, erfolgreich ist, und nachts sehe ich meine.“

Bei der anhaltenden Stille hob sie ihr Kinn, um ihm in die Augen zu blicken. „Siehst du das wirklich alles?“

„Und noch viel mehr.“

Grace‘ Herz war von einem wilden Galopp in einen langsamen und zufriedenen Gang gewechselt. Dumme abschließende Argumente rasten ihr durch den Kopf. *Glück bedeutet, mit wem man zusammen ist, nicht wo man ist. Zuhause ist dort, wo das Herz ist.* Und sie sollte verdammt sein, wenn er nicht auch in einer weiteren Sache recht hatte. „Nirgends ist es so schön wie zuhause.“

Sein Mund war kaum mit ihrem verschmolzen, als eine winzige Stimme im Hintergrund den Moment störte. „Schau Mami. Genau wie du und Daddy.“

„Was zum Teufel macht ihr zwei?“

Grace zog sich zurück und ihr Blick wanderte von Catherines Schuhspitzen bis zu ihrem Gesicht. „Ich würde sagen, das ist offensichtlich. Wir küssen uns.“

„Ja. Das kann ich sehen. Aber warum küsst ihr euch mitten am Tag auf dem Boden?“

Obwohl sie versucht war, mit *anstatt mitten in der Nacht* zu kontern, hob Grace stattdessen einen Arm, um auf Gray zu zeigen. „Wegen ihm.“

„Wegen wem?“

Grace sah sich um, stand langsam auf und suchte die Umgebung nach dem Hund ab.

Chase richtete sich ebenfalls auf und sah sich um. Da auch er keine Spur von dem Hund sah, drehte er sich zu Grace und legte seine Hände an ihre Hüften. „Heißt das, du bleibst?“

Sie nickte.

„Bei mir?“

Ihr Kopf wippte wieder auf und ab.

„Fürs Protokoll, du weißt, dass ich dich liebe?“

„Fürs Protokoll, ich liebe dich auch."

Sie war sich nicht sicher, wer wen zuerst zu sich gezogen hatte, aber sie fiel wieder in seine Arme und ihr Mund suchte seinen, oder suchte seiner den ihren? Doch nichts davon spielte eine Rolle.

„Komm schon, Süße, wir müssen uns beeilen." Catherines sich entfernende Schritte traten in den Hintergrund.

„Warum gehen wir so schnell? Mami?"

„Weil ich die Erste sein will, die deiner Tante Eileen sagt, dass der Hund gewonnen hat."

EPILOG

„Mir ist zuvor noch nie aufgefallen, wie entzückend das alte Haus ist." Grace stieg aus Chase' neuem SUV. „Nicht, dass ich hier so oft vorbeigekommen wäre, aber trotzdem ist es von der Straße aus zu sehen."

„Bei den Plänen, die sie in diesen wenigen Tagen entwickelt hat", Chase legte einen Arm um Grace' Schulter, „glaube ich, sie hat ihre Berufung verfehlt und hätte Innenarchitektin werden sollen."

„Mach dich nicht lächerlich." Grace verdrehte die Augen. „Beeil dich, wir haben nicht viel Zeit, bis ihr Jungs auf dem Junggesellenabschied sein müsst. Und dann müssen wir Mädchen schnell zu Becky."

Hannah tat ihr Bestes, um mit ihrer Cousine Schritt zu halten, aber Grace war viel begieriger darauf, die Vordertreppe zu erreichen. „Catherine sagt, dass du morgen nach der Hochzeit die gemeinnützige Organisation übernehmen wirst."

„Am Montag werden wir uns zusammensetzen, damit ich auf den neuesten Stand komme. Sobald wir die Richtung festgelegt haben, wird es mein Baby sein, das Fundament aufzubauen."

„Ich erkenne das Funkeln in diesen Augen." Ian Farraday, hier für die große Hochzeitsfeier, lehnte sich an seine kleine Schwester. „Glaubst du, Catherine weiß, worauf sie sich mit Grace einlässt?"

„Sei nicht albern." Hannah schlug ihrem Bruder

auf den Arm. „Entschlossenheit ist eine hervorragende Eigenschaft für eine Anwältin. Ganz zu schweigen davon, dass man jemanden mit Durchsetzungsvermögen braucht, um so ein Programm wie ihres so zu leiten."

„Ja, und das hat sie." Ian verkniff sich ein Lächeln. Er liebte seine Cousine, das tat er wirklich, aber als eines der älteren Mitglieder des Clans hatte er einen Haufen Erinnerungen an eine wilde und draufgängerische Grace, die einen erwachsenen Mann zum Nachdenken bringen konnten.

„Ehrlich gesagt", Hannah zuckte mit den Schultern, „bin ich mir nicht sicher, ob hier überhaupt jemand weiß, worauf er sich einlässt."

„Deshalb wirst du hier sein, um zu helfen."

„Ich hoffe es." Vom ersten Moment an, als die Pläne aufkamen, einen Teil der Ranch für Pferdetherapie zu nutzen, konnte Hannah sich kaum davon abhalten, angesichts der Möglichkeiten zu sabbern. Sie liebte, was sie tat, aber jeden Tag zogen mehr und mehr Menschen nach Dallas und Hannah war einfach nicht dazu bestimmt, ein Stadtmädchen zu sein.

Ian blieb auf halbem Weg zum Haus stehen und drehte sich zu seiner Schwester um. „Ich dachte, es wäre klar. Du wirst die Expertin für die Therapie sein."

„Ja. Irgendwie schon."

„Irgendwie?"

„Nun. Du kennst mich. Ich will den Tag nicht vor dem Abend loben. Es hat schon einige Änderungen gegenüber der ursprünglichen Vision gegeben."

„Ja, aber lag das nicht an deinem Input?"

Hannah zuckte mit den Schultern. „Etwas."

„Und Connor und Catherine haben deinen Rat befolgt?"

„Ja." Sie musste einfach lächeln. Sie hatte lange Zeit nicht viel Mitspracherecht gehabt, und es fühlte sich wirklich gut an, jemanden zu haben, der ihr Anerkennung für eine gut gemachte Arbeit zollte. Und sie war gut in dem, was sie tat. Das meiste schrieb sie einer Kombination aus solider Ausbildung und übertriebener Fürsorge zu. Einen Teil der Tatsache, dass sie mit Pferden aufgewachsen war, und einen weiteren großen Teil, dass sie wirklich liebte, was sie tat.

Ian drehte sich zur Veranda um. Der leeren Veranda. „Wohin sind sie gegangen?"

„Nun, nach dem, was ich von meinen Cousins gesehen habe, würde ich vermuten, *Grace und Chase haben sich versteckt und KNUTSCHEN*." Hannah versuchte nicht einmal, ihr Lachen zu verbergen.

„Du meine Güte, wie konnte mir nicht früher auffallen, dass sich ihre Namen reimen?"

„Du singst nicht genug." Näher am Haus blieb Hannah stehen. „Wow. Es stimmt, Liebe macht blind."

„Grace hat gesagt, das Haus sei entzückend." Ian legte den Kopf schief, als könnte das die Sicht verbessern. „Ich hoffe, sie planen nicht, in absehbarer Zeit einzuziehen."

„Da stimme ich dir zu." Einen vorsichtigen Schritt nach dem anderen prüfte Hannah jede hölzerne Stufe auf ihrem Weg zur Veranda. „Diese Bude braucht eine Menge Arbeit, aber ich schätze, ich kann etwas Charme erkennen. Versteckt. Irgendwo."

Kopfschüttelnd stieß Ian seine Schwester durch die offene Tür. „Komm schon, Pollyanna. Lasst uns die Turteltauben finden."

„Hier drüben", rief Grace vom Ende des Flurs.

Hannah folgte den Stimmen und blickte in jedes Zimmer. Vielleicht könnte sie so das Potenzial erkennen. Ihre abenteuerlustige Cousine Grace war in eine ruhige Normalität gefallen. Ein wichtiger Job, ein toller Kerl, der sie offensichtlich verehrte, und bald das ins *Architectural Digest* passende Bild häuslicher Glückseligkeit. Wenn das nicht der Hauptpreis war.

„Und das", Grace wedelte mit dem Arm, „ist das, was mich für das Haus begeistert hat."

„Richtig", Ian lächelte steif, „das Badezimmer."

Leise half Chase seinem baldigen Verwandten. „Die Wanne."

„Und die Wanne", warf Ian schnell ein. „Tolle Wanne. Gut gemacht, Cousinchen."

„Männer." Grace machte kehrt, hielt inne, um Chase auf die Wange zu küssen, und marschierte aus dem Zimmer.

Grinsend wie ein Lottogewinner zuckte Chase mit den Achseln und folgte ihr.

Hannah stieß einen leisen Seufzer aus. Jeder Mann, mit dem sie jemals ausgegangen war, war nett gewesen, aber nie hatte eine dieser Feuerwerksmetaphern auf diese Kerle zugetroffen. Als jüngste ihrer Generation von Farradays wusste sie, dass sie noch viel Zeit hatte, um den richtigen Mann zu finden, aber bei all diesem Liebe-liegt-in-der-Luft-Zeug begann sie sich zu fragen, ob irgendjemand sie jemals dazu bringen würde, sich wie im Himmel zu fühlen.

„Einen Penny für deine Gedanken?" Ian blieb auf dem Weg zum Flur stehen und drehte sich um. „Geht es dir gut, Schwesterchen?"

„Sicher." Sie setzte ein strahlendes Lächeln auf und schüttelte den Kopf. „Ich denke nur. Heilige ..." Eine Bewegung am Fenster erregte ihre Aufmerksamkeit. Wäre ihr Bruder nicht weggegangen, hätte sie sie verpasst. Sie ging zur Seite, öffnete das Fenster und spähte hinaus. „Das ist der Hund."

Ian trat neben sie. „Du meinst Hunde."

„Warum braucht ihr beide so lange?" Grace kam zurück ins Zimmer, ihre Hand sicher in der von Chase.

Genau wie Grace gesagt hatte, *zuerst die Liebe,*

dann die Ehe.

„Oh mein Gott." Grace rannte zum Fenster. „Es sind zwei."

Chase stellte sich neben sie. „Nun, laus mich der Affe. Das erklärt, warum Finn dachte, sein Hund sei größer als unserer."

Unserer. Der mysteriöse Hund gehörte ihnen? Hannah hat die ganze Kuppel-Hund-Sache nicht verstanden. Auch jetzt ergab es keinen Sinn. Grace hatte ihren Partner gefunden und Hannah war mit ihrem Bruder hier. *War ja klar.* Alle guten Geschichten endeten, bevor sie an der Reihe war. Andererseits, was zum Teufel dachte sie sich dabei? Hunde waren keine Heiratsvermittler. Das Leben war kein Märchen. Und es würde keine Ritter in strahlender Rüstung geben, die auf sie zugeritten kam, um ihr Herz im Sturm zu erobern.

EXCERPT:

HANNAHS EDLER RITTER

„Was zum Teufel machst du da oben?"

Hannah Siobhan Farraday hatte nicht damit gerechnet, dass ihr Cousin Connor so schnell mit den Pferden fertig sein würde, und wäre bei seinem Bellen beinahe von der Steinsäule gefallen. „Die Aussicht genießen." Sie klammerte sich fester an den Pfosten. „Nach was sieht es denn aus?"

„Als würdest du dich darauf vorbereiten, von der Mauer zu springen und dir das Genick zu brechen."

„Sagt der Mann, der auf einer Bohrinsel herumgetanzt ist, um seinen Lebensunterhalt zu bestreiten."

Connor sah zu dem Handwerker hinüber, den er angeheuert hatte, um den hundert Jahre alten Torbogen durch einen mit dem Namen der neuen Stallung zu ersetzen. „Wo ist der Rest der Crew?"

„Spät dran." Der glatzköpfige Mann mittleren Alters mit dem runden Bauch warf Connor kaum einen Blick zu. „Diese kleine Lady hier hilft beim Aufbau."

Irgendwie zweifelte Hannah daran, dass das Ende eines Maßbands festzuhalten, als Aufbau bezeichnet werden konnte. Doch als sie den Mann herumtrotten und auf seine Crew warten sah, hatte sie sich gedacht, dass sie wenigstens helfen sollte, das Ende des

Maßbands festzuhalten. Nie im Leben hätte dieser Kerl auf etwas Höheres als einen Ameisenhaufen springen können. Sie neigte den Kopf von ihrem Cousin zur Ladefläche des großen Trucks. „Hast du schon gesehen?"

Die Besorgnis verschwand aus Connors Gesicht, als sein Blick auf dem massiven neuen Bogen landete. Ein langsames Grinsen wölbte eine Seite seines Mundes gen Himmel und wanderte dann über seine Lippen. „Nicht übel."

„Ja." So aufgeregt sie wegen der neuen Stallungen war, würde jeder denken, dass mehr als nur ihr Familienstolz in diesem Unterfangen steckte. Doch sie hätte sich nicht mehr über die neuen Ställe und das Pferdeprogramm freuen können, selbst wenn dieser Ort ihr gehört hätte. Die Gelegenheit, von Anfang an mit dabei zu sein war ein unbeschreibliches Gefühl. Menschen, die normalerweise keinen Zugang zu dieser Art Therapie hatten oder sie sich nicht leisten konnten, Veränderung und Hoffnung zu bringen, war es wert gewesen, alles hinter sich zu lassen, was sie sich in Dallas aufgebaut hatte. Obwohl sie hoffte, dass der Ruf, den sie sich erarbeitet hatte, ihr nacheilen würde.

Der Vorarbeiter kritzelte etwas auf das Klemmbrett in seiner Hand und reichte Hannah dann die Metallhülle des Maßbands. „Hier, schnapp dir diese Seite und sag mir dann, wie weit es ist." Dann schritt er mit dem anderen Ende des Maßbandes in der Hand auf die gegenüberliegende Seite des Eingangs und legte es, auf der ersten Sprosse einer Leiter balancierend, mittig an den Stützpfosten an. „Was hast du?"

„Genau Zweihundertvierundsechzig."

„Gut. Gut", murmelte der Mann vor sich hin.

Sie hätte gedacht, dass sie bei einem Projekt dieser Größe bereits ein paar hundert Mal gemessen und nachgemessen hätten, aber noch einmal konnte nicht schaden. Sie rollte das Band auf, nickte dem Mann zu und drehte sich auf der schmalen Wand um.

„Hier." Connor trat vor und hob einen Arm. „Lass mich dir helfen."

„Ich bin ohne dich hier hochgekommen. Ich komme auch allein wieder hinunter." Sie balancierte die Mauer entlang und kletterte sie dann so mühelos hinab, wie sie hinaufgestiegen war.

Connor schüttelte den Kopf und kicherte, wobei sein Lächeln immer noch sein ganzes Gesicht einnahm. „Ich weiß nicht, warum ich mir überhaupt die Mühe mache."

Hannah beugte sich vor und küsste ihren Cousin auf die Wange. Obwohl die West-Texas-Farradays und die Hill-Country-Farradays nach den Maßstäben normaler Menschen überhaupt nicht nahe beieinander lebten, verbrachten sie dennoch genug Zeit zusammen, um sich eher als Geschwister denn als Cousins zu betrachten. „Weil du mich liebst."

Connor lachte lauthals. „Unter anderem."

Staub aufwirbelnd, als er von der Hauptstraße abfuhr, näherte sich der kleine Lastwagen mit den restlichen Handwerkern und parkte neben der gewaltigen Eisenkonstruktion. Das Leuchten in Connors Augen ließ die Haare auf Hannahs Arm zu Berge stehen. Ihr Cousin hatte sein ganzes Leben lang von diesem Tag geträumt und auch sie konnte die Vorfreude kaum ertragen. Ja, der Bau der Koppeln und Gehege und zusätzlicher Ställe für das sich im Aufbau befindende Pferdetherapieprogramm waren der Hauptteil zur Verwirklichung seines Traums gewesen, doch das hier – dieser traditionelle eiserne Schriftzug – war das i-Tüpfelchen.

Das Anheben einer Eisenkonstruktion, die mehrere hundert Pfund wog, ging nicht wirklich schnell von Statten und war wenig komplex. Dennoch standen

Hannah und Connor, gefesselt von der langsamen Bewegung, wie angewurzelt da. Zufrieden, der Entstehung von etwas Neuem beizuwohnen.

Aus der Stadt kommend hielt hinter ihnen der Truck mit Catherine, Connors Frau an. Türen schlugen zu, und Catherine eilte zu ihrem Mann und schmiegte sich an ihn. „Ich hatte Angst, ich würde es verpassen."

Connor legte einen Arm um die Schulter seiner Frau und zog sie an sich. Es war wirklich süß, wie sich ihre Cousins den Frauen in ihrem Leben widmeten. Für einige, wie Adam, hatte es länger gedauert als für andere, doch sobald ein Farraday-Mann seine Partnerin gefunden hatte, bekam sie hundert Prozent von dem, was er zu geben hatte. Das Komplizierte für Hannah würde in den nächsten zehn Jahren, oder so, darin bestehen, einen eigenen Mann zu finden, der mit ihren Cousins mithalten konnte.

„Jetzt geht es los", flüsterte Catherine.

Das große Kunstwerk senkte sich über dem Eingang und mit etwas Hilfe durch die Männer auf beiden Seiten glitten die Enden in die für sie bestimmten Fassungen, während Hannahs Herz hüpfte, als ob ihr die Capaill Stables gehörten.

Noch ein paar Minuten standen die drei direkt hinter den offenen Toren und starrten nach oben, während die Arbeiter den neuen Schriftzug an Ort und Stelle fixierten.

„Sieht ziemlich gut aus", flüsterte Catherine.

„Besser als gut", fügte Hannah hinzu.

„Großvater würde es gefallen", sagte Catherine.

Connor löste seinen Blick von dem geschwungenen *Capaill*, dem alten gälischen Namen, den sein Vater treffend für die Ranch vorgeschlagen hatte, und studierte das Gesicht seiner Frau. „Denkst du?"

„Ja, das tue ich." Catherine strahlte. „Er liebte diesen Ort. Er war stolz auf seine Geschichte und ich weiß tief im Inneren, dass er begeistert gewesen wäre, hier zu sein, wenn die Brennans und die Farradays auf diesem Land zusammenkommen."

„Und das", Hannah rieb sich die Hände, „ist mein Stichwort, wieder an die Arbeit zu gehen. Ich möchte mit der neuen Fjord-Stute ausreiten. Sie kommt mir noch etwas scheu vor. Das ruft nach etwas gemeinsamer Zeit, nur wir beide."

„Glaubst du nicht, dass sie gut für die Therapie ist?", fragte Catharine. Der einzige Grund, warum sie sich für diese kleinere, stämmigere Rasse entschieden hatten, war ihre Fähigkeit, ein höheres Gewicht zu tragen. Ihre Größe würde es den Patienten und ihren Betreuern erleichtern, das Pferd zu führen. Niemand wollte, dass diese Stute schlecht in das neue Programm passte.

„Wir werden sehen. Vielleicht muss sie sich einfach nur an die neue Umgebung gewöhnen." Das war zumindest die Geschichte, an der sie festhielt. Ein gutes Therapiepferd zu finden, war ein bisschen wie die Suche nach einem guten Mann; sie mochten auf den ersten Blick ziemlich hübsch aussehen, aber sobald man sie kennenlernte, konnten sie sich schnell als ein Problem anstatt als Preis entpuppen.

Der Komfort von weichen Ledersitzen in einem hochwertig verarbeiteten Luxusauto hatte einiges zu bieten. Schade, dass Dale Johnson nicht dasselbe über die beiden Räder unter ihm sagen konnte. Anfangs, als er aus der Stadt fuhr, waren das Dröhnen des Motors unter ihm und der Wind in seinem Gesicht fantastisch gewesen. Das Gefühl der Freiheit hatte zu lange in seinem Leben gefehlt. All das entschädigte ihn fast für den Schlamassel, in den er sich gebracht hatte. Fast.

Jetzt, da er mehr Stunden auf diesen endlosen Nebenstraßen in Texas verbracht hatte, als er zählen wollte, wünschte er sich, er hätte sich statt dieses zweirädrigen Gefährts einen Gebrauchtwagen gekauft, der nicht so häufig aufgetankt werden müsste.

Natürlich könnte sich das nach einer erholsamen Nacht auf einer richtigen Matratze wieder ändern. Andererseits würde er viel mehr als nur eine einzige Nacht Schlaf brauchen, um sein Leben wieder in Ordnung zu bringen – und seinen Rücken. Nach seinen Berechnungen und dem letzten Straßenschild, das er gesehen hatte, sollte er in etwa einer Stunde oder so in Tuckers Bluff ankommen. Langsam benötigte er dringend eine Pause, um die Taubheit loszuwerden, die die wenigen Körperteile einnahm, die nicht wie verrückt schmerzten. Nachdem er Dallas verlassen hatte, hatte es nicht lange gedauert um zu erkennen, dass er es nicht aushalten würde, ein paar Stunden ohne Unterbrechung auf einem Motorrad zu fahren. Und mit jedem weiteren Kilometer pochte sein Rücken energisch auf mehr Pausen. Schade, dass er kein Heizkissen an den Motor anschließen konnte. Er bremste am Straßenrand ab, kam zum Stehen und stieg vorsichtig von seiner Maschine ab. Viel langsamer, als ihm lieb war, aber immerhin konnte er sich bewegen. Besser als die Alternative.

Ein Schluck kühles Wasser linderte das Brennen in seiner Kehle, wenn auch nicht die Schmerzen in seinem Rücken. Darauf bedacht, sich nicht zu verrenken, tat er sein Bestes, um seine schmerzenden Muskeln zu dehnen, und entschied, dass es sicher hilfreich sein könnte, sich ein paar Minuten länger als geplant die Füße zu vertreten. An einem Zaun in der Nähe machte er Halt und starrte auf den sich vor ihm ausbreitenden Horizont. Es war verdammt lange her, seit er so viel

Nichts an einem Ort gesehen hatte. Er konzentrierte sich auf den klaren Himmel, der so blau wie der Malstift eines Kindes war, und zwang sich, an Kindheitszeichnungen zu denken, an das hellblaue Kleid, das sein Date auf dem Abschlussball getragen hatte – das Kleid, das er ihr so mühevoll abgerungen hatte – und an das Glitzern in den schieferblauen Augen seiner Großmutter, wenn sie ihm einen irischen Limerick vorsang. All das, um nicht daran zu denken, dass dieser Ort so sehr der trocken, flachen und höllisch heißen Wüste ähnelte, in der er im Nahen Osten stationiert gewesen war.

An manchen Tagen schien das Marine Corps so weit weg zu sein, so lange her. An anderen Tagen wirkten die Jahre, die er an einem Ort verbracht hatte, an dem ihn niemand haben wollte, schon gar nicht die Einheimischen, so frisch, dass er nicht zur Ruhe kommen konnte. Jetzt, zurück in der zivilisierten Welt – in der er sich gelegentlich fragte, was am modernen urbanen Leben zivilisiert war –, schien es verdammt schwer zu sein, an der Hoffnung auf eine bessere Welt festzuhalten.

Er schraubte den Deckel wieder auf die Wasserflasche und gab sich einen mentalen Tritt. An diesen negativen Gedanken festhalten, würde die Dinge auch nicht besser machen. Es war nun einmal, wie es war. Er packte die Flasche wieder in seinen Rucksack und verweilte noch einen Augenblick in dieser endlosen Weite. Es war Zeit, weiterzufahren. Er schwang sein Bein etwas beweglicher über den Sitz als beim Absteigen von seinem neuen Motorrad, klappte den Seitenständer hoch und startete den Motor.

Die Reifen spuckten Schmutz und Kies als er vom Straßenrand auf den Asphalt fuhr. Bereit, jedes einzelne PS an seine Grenzen zu bringen, beugte er sich vor, als dieser sechste Sinn, der ihm mehr als einmal das Leben gerettet hatte, ihn über die Straße blicken ließ. Sein Herz und sein Motorrad kamen blitzschnell zum Stehen.

Das letzte, von dem er erwartet hatte, es mitten im verdammten Nirgendwo von West-Texas zu sehen, war ein Pferd, das sich tretend aufbäumte und die zierliche Schönheit auf seinem Rücken abwarf, sodass diese hart auf dem unbarmherzigen staubigen Boden aufschlug. Der Blick auf die schweren Hufe, die mit Schwung auf die hübsche Reiterin niederprasselten, war alles, was er brauchte, um kehrt zu machen und über die Straße zu rasen. Ob im Nahen Osten oder hier in der zivilisierten Welt, er hatte genug unnötige Todesfälle für mehr als ein Leben gesehen. Und genug war genug.

ÜBER CHRIS KENISTON

Chris Keniston ist Autorin von vierzig zeitgenössischen Romanen und lebt mit ihrem Mann, zwei menschlichen Kindern und zwei Hundekindern in einem Vorort von Dallas. Obwohl sie beide Hunde gleichermaßen liebt, gibt sie zu, eine ganz besondere Bindung zu ihrem Deutschen Schäferhund aus dem Tierheim zu haben. Schließlich verdienen auch Hunde ein Happy End.

Auf www.chriskeniston.com erfahren Sie mehr über Chris Keniston und ihre Bücher.

Folgen Sie Chris Keniston auf Facebook unter dem Namen ChrisKenistonAuthor und auf Twitter unter dem Namen @ckenistonauthor.

MEHR BÜCHER

VON CHRIS KENISTON

Weitere Bücher der Farraday-Country-Reihe:

Adams geheimnisvolle Braut
Brooks' verbotene Sehnsucht
Connors Herzenswunsch
Declans überraschende Begegnung
Ethans Himmel auf Erden
Finns zweite Chance
Graces trautes Heim